# 三國志

冊四

（晉）陳壽撰

白山出版社

《禮記》曰：「行一物而三善者，惟世子而已，起齒于學之謂也。」

# 後主傳

原文

後主諱禪①，字公嗣，先主子也。建安二十四年，先主爲漢中王，立爲王太子。及即尊號，册曰②：「惟章武元年五月辛巳，皇帝若曰：太子禪，朕遭漢運艱難③，賊臣篡盜④，社稷無主，格人羣正，以天明命，朕繼大統。今以禪爲皇太子，以承宗廟，祗肅社稷。使使持節丞相亮授印綬，敬聽師傅⑤，行一物而三善皆得焉，可不勉與！」三年夏四月，先主殂于永安宮⑥。五月，後主襲位于成都，時年十七。尊皇后曰皇太后。大赦⑦，改元，是歲魏黃初四年也。

注釋

①後主：一個王朝或者一個國家的末代君主。②册：古代用于封賞爵位的詔書。③運：命運，氣數。④篡盜：竊取帝位。⑤師傅：太師，太傅，也就是指輔導太子的官員。⑥殂：死亡，專指帝王的死亡。⑦大赦：對已經判刑的罪犯免刑或者減輕刑罰。

譯文

後主名禪，字公嗣，先主劉備的兒子。建安二十四年，先主做了漢中王，立他爲王太子。

劉禪降生

劉備稱帝後，頒布册封的詔書說：「章武元年五月辛巳，皇帝這樣說：太子劉禪，我遇上了漢朝國運艱難的時期，反賊亂臣篡奪王權，國家沒有了主人，知天命的世人以及正直的民衆，認爲上天顯示了命數，我繼承漢朝的皇位。立劉禪爲皇太子，以繼承王室與宗廟，恭敬肅穆地掌管國家的社稷。派遣丞相諸葛亮授予其皇太子的印章和綬帶，太子要恭敬地聽從師傅的教誨，做一件事能從中得到很多益處，怎麼可以不勤奮勉勵呢！」章武三年（公元二二三年）四月，先主在永安宮去世。同年五月，後主在成都繼承皇位，當時他十七歲。遵奉先主的皇后爲皇太后。全國大赦，更改年號，這一年是魏國的黃初四年。

原文

建興元年夏，牂牁太守朱褎擁郡反。先是，益州郡有大姓雍闓反①，流太守張裔于吳，據郡不賓②，越嶲夷王高定亦背叛。是歲，立皇后張氏。遣尚書郎鄧芝固好于吳，吳王孫權與蜀和親使聘③，是歲通好。

二年春，務農殖穀，閉關息民。

三年春三月，丞相亮南征四郡，四郡皆平。改益州郡爲建寧郡，分建寧、永昌郡爲雲南郡，又分建寧、牂牁爲興古郡。十二月，亮還成都。

四年春，都護李嚴自永安還住江州④，築大城。

五年春，丞相亮出屯漢中⑤，營沔北陽平石馬。

六年春，亮出攻祁山，不克。冬，復出散關，圍陳倉，糧盡退。魏將王雙率軍追亮，亮與戰，破之，斬雙，還漢中。

注釋

①反：造反，反叛。②賓：順從，歸順。③使聘：派遣使者訪問。④都護：官名，即都護將軍，統率將領的官。⑤屯：駐扎。

譯文

建興元年（公元二二三年）夏天，牂牁太守朱褒發動叛亂。當初，益州郡有豪門大族雍闓造反，將益州太守張裔趕到吳國，占據整個郡不再順從朝廷，越嶲夷族的首領高定也背叛了朝廷。那年，立張氏爲皇后。派遣尚書郎鄧芝出使吳國鞏固兩國之間的友好關係，吳國孫權與蜀和好通婚，那年兩國互通友好關係。

建興二年春天，開荒播種，關閉邊境關口使百姓休養生息。

建興三年春三月，丞相諸葛亮向南征討四郡，四郡的叛亂都被平定。把益州郡改稱爲建寧郡，從建寧、永昌各劃出一部分建立雲南郡，又從建寧、牂牁郡各劃出一部分建立興古郡。十二月，諸葛亮回到成都。

建興四年春，都護李嚴從永安返回，住在江州，修建一個大的城市。

追漢軍王雙受誅

建興五年春，丞相諸葛亮發兵漢中地區，在沔水北邊的陽

《漢晉春秋》曰：「冬十月，江陽至江州有鳥從江南飛渡江北，不能達，墮水死者以千數。」

張郃中箭

平、石馬地區修建營寨。

建興六年春，諸葛亮進軍祁山，沒有攻破。到了冬天，再次從散關出發，把陳倉包圍了起來，因爲糧草用光了所以不得不撤軍。魏將王雙率軍襲擊諸葛亮，諸葛亮與王雙交戰，大敗王雙，並且將其殺掉，撤軍回到漢中。

**原文**

七年春，亮遣陳式攻武都、陰平，遂克定二郡。冬，亮徙府營于南山下原上，築漢、樂二城。是歲，孫權稱帝，與蜀約盟，共交分天下。

八年秋，魏使司馬懿由西城①，張郃由子午，曹真由斜谷，欲攻漢中。丞相亮待之于城固、赤阪，大雨道絕，真等皆還。是歲，




魏延破魏雍州刺史郭淮于陽谿②。徙魯王永爲甘陵王，梁王理爲安平王，皆以魯、梁在吳分界故也。

九年春二月，亮復出軍圍祁山，始以木牛運。魏司馬懿、張郃救祁山。夏六月，亮糧盡退軍，郃追至青封，與亮交戰，被箭死。秋八月，都護李平廢徙梓潼郡。

十年，亮休士勸農于黃沙，作流馬木牛畢③，教兵講武。

**注釋**

①司馬懿：人名。魏明帝時擔任大將軍的職務，多次率軍與諸葛亮對抗。②刺史：官名。掌握一個州的軍政大權。③流馬：改良的木牛，即人力四輪車。

**譯文**

建興七年（公元二二九年）春天，諸葛亮派遣陳式攻打武都、陰平，最後占領、平定了這兩個郡。這年冬天，諸葛亮把大本營遷到了終南山下的平原上，修建了漢、樂兩座城市。這一年，孫權稱帝，與蜀國相約盟誓，共同平分天下。

建興八年秋天，魏國派司馬懿從西城，張郃從子午道，曹真從斜谷，發兵向漢中進攻。諸葛亮在

魏延

城固、赤阪等待他們，因爲天降大雨，棧道被阻斷，曹眞等人都退兵了。這一年魏延在陽谿戰勝了魏國雍州刺史郭淮的隊伍。把劉永改封爲甘陵王，把梁王改封爲安平王，這樣做是因爲魯、梁二地都與吳國接壤。

建興九年春二月，諸葛亮再次發兵進攻祁山，開始用木牛運送軍糧。魏國的司馬懿和張郃率軍進行抗擊。夏天六月，諸葛亮因爲糧食吃光而撤軍回來，張郃追擊他們到了青封，與諸葛亮交戰，張郃被箭射中，死。秋八月，都護李平被廢爲平民，遷到梓潼郡。

建興十年，諸葛亮在黃沙城休整士卒、獎勵農耕，製造流馬木牛，訓練士兵，講習武藝。





原文

十一年冬，亮使諸軍運米，集于斜谷口，治斜谷邸閣①。是歲，南夷劉冑反，將軍馬忠破平之。

十二年春二月，亮由斜谷出，始以流馬運。秋八月，亮卒于渭濱。征西大將軍魏延與丞相長史楊儀爭權不和②，舉兵相攻，延敗走；斬延首，儀率諸軍還成都。大赦。以左將軍吳壹爲車騎將軍，假節督漢中③。以丞相留府長史蔣琬爲尚書令，總統國事④。

十三年春正月，中軍師楊儀廢徙漢嘉郡⑤。夏四月，進蔣琬位爲大將軍。

十四年夏四月，後主至湔，登觀阪，看汶水之流，旬日還成都。徙武都氐王苻健及氐民四百餘戶于廣都。

臣松之案：湔，縣名也，屬蜀郡，音翦。

十五年夏六月，皇后張氏薨。

注釋

①邸閣：儲存軍糧和其他軍用物資的地方。②征西大將軍：官名。在漢代，征東、征西、征南、征北將軍與雜號將軍的職權相同，資深的在前加「大」字。③假節：授予符節。

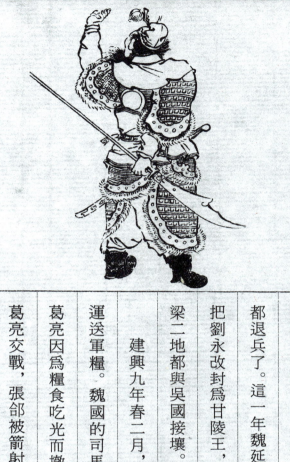

**武侯遺計斬魏延**

魏延爲蜀漢名將，字文長。初隨劉備作戰，智勇雙全，深得劉備信任，劉備稱王後受封漢中太守。諸葛孔明死後，他因不願受長史楊儀所約束而反攻楊儀，被楊儀派馬岱殺死。

符節是受君王委托的證物。④總統：總領統管。⑤中軍師：官名。參與軍事的謀劃，但是没有兵權。

譯文

建興十一年（公元二三三年）冬天，諸葛亮派遣各路軍隊運送糧食，在斜谷口集合，修建了斜谷儲糧所。這一年，南方少數民族首領劉胄發動叛亂，將軍馬忠帶兵擊敗、平定了這次叛亂。

建興十二年春二月，諸葛亮從斜谷出發，率軍開始用流馬運送軍糧。秋天八月，諸葛亮病死在渭水邊上。征西大將軍魏延與丞相長史楊儀爲了爭奪權力而不和睦，帶兵互相攻擊，魏延戰敗而逃走；楊儀殺掉魏延，帶領各路軍隊回到了成都。這一年，蜀國大赦天下。任命左將軍吳壹爲車騎將軍，授予符節統帥漢中軍隊。任命丞相留府長史蔣琬爲尚書令，



掌管國家政事。

建興十三年春正月，中軍師楊儀被廢爲平民，遷到漢嘉郡。夏天四月，提拔蔣琬爲大將軍。

建興十四年夏天四月，後主劉禪到達湔縣，登上觀阪，觀賞岷江的山水，十天後返回成都。把武都氐族首領苻健以及民衆四百餘户遷到廣都。

建興十五年夏六月，皇后張氏去世。

原文

延熙元年春正月，立皇后張氏①。大赦，改元。立子璿爲太子，子瑤爲安定王。冬十一月，大將軍蔣琬出屯漢中。

二年春三月，進蔣琬位爲大司馬②。

三年春，使越嶲太守張嶷平定越嶲郡。

四年冬十月，尚書令費禕至漢中，與蔣琬諮論事計③，歲盡還。

五年春正月，監軍姜維督偏軍④，自漢中還屯涪縣。

六年冬十月，大司馬蔣琬自漢中還，住涪。十一月，大赦。以尚書令

**費禕爲大將軍。**

注釋 ①張氏：張飛的女兒，前皇后的妹妹。②大司馬：官名。即太尉，掌管全國的軍事。③諮：商量，詢問。④偏軍：指全軍的一部分，與主力區别開來。

譯文 延熙元年（公元二三八年）春正月，立前皇后張氏的妹妹張氏爲皇后。全國大赦，改用新的年號。立劉璿爲皇太子，劉瑤爲安定王。這年冬天十一月，大將軍蔣琬發兵駐扎在漢中。

延熙二年春三月，蔣琬被提升爲大司馬。

延熙三年春天，派遣越嶲郡太守張嶷前去平定越嶲郡。

延熙四年冬十月，尚書令費禕抵達漢中，與大將軍蔣琬商討軍國大事，年底回到成都。

延熙五年春正月，監軍姜維率領部分隊伍，從漢中回來駐扎在涪縣。

延熙六年冬十月，大司馬蔣琬從漢中返回來，駐扎在涪縣。十一月，大赦天下，任命尚書令費禕爲大將軍。



原文 **七年閏月，魏大將軍曹爽、夏侯玄等向漢中，鎮北大將軍王平拒興勢圍，大將軍費禕督諸軍往赴救，魏軍退。夏四月，安平王理卒。秋九月，禕還成都。**

**八年秋八月，皇太后薨①。十二月，大將軍費禕至漢中，行圍守②。**

**九年夏六月，費禕還成都。秋，大赦。冬十一月，大司馬蔣琬卒。**

**十年，涼州胡王白虎文、治無戴等率衆降，衛將軍姜維迎逆安撫③，居之于繁縣。是歲，汶山平康夷反，維往討，破平之。**

**十一年夏五月，大將軍費禕出屯漢中。秋，涪陵屬國民夷反，車騎將軍鄧芝往討，皆破平之。**

鄧芝

鄧芝，字伯苗，義陽新野人，三國時期蜀漢重臣。公元二五一年病逝，官至車騎將軍，授符節。

《魏略》曰：「琬卒，禕乃自攝國事。」

注釋 ①皇太后：指先主的穆皇后。②行：巡查，巡視。③逆：迎接。

譯文 延熙七年（公元二四四年）閏月，魏國大將軍曹爽、夏侯玄等率軍進攻漢中，鎮北大將軍王平在興勢山營造壁壘進行抵抗，大將軍費禕率領各路軍馬前往營救，魏軍敗退。這一年夏四月，安平王劉理去世。秋九月，費禕返回成都。

延熙八年秋八月，先主的穆皇后去世。十二月，大將軍費禕抵達漢中，巡查各個營壘的守備情況。

延熙九年夏六月，費禕回到成都。這年秋天，全國大赦。冬十一月，大司馬蔣琬去世。

延熙十年，涼州的羌胡首領白虎文、治無戴等率領部落歸降蜀國，衛將軍姜維迎接並安撫了他們，把他們安頓在繁縣。這一年，汶山郡平康縣少數民族發動叛亂，姜維率兵前去討伐，平定了這次叛亂。

延熙十一年夏五月，大將軍費禕率兵駐扎漢中。這年秋天，涪陵郡少數民族聚居地區發生了叛亂，車騎將軍鄧芝率軍前往征討，平定了這次叛亂。

原文 **十二年春正月，魏誅大將軍曹爽等，右將軍夏侯霸來降。夏四月，大赦。秋，衛將軍姜維出攻雍州，不克而還。將軍句安、李韶降魏。**



**十三年，姜維復出西平，不克而還①。**

**十四年夏，大將軍費禕還成都。冬，復北駐漢壽。大赦。**

**十五年，吳王孫權薨。立子琮爲西河王。**

**十六年春正月，大將軍費禕爲魏降人郭循所殺于漢壽②。夏四月，衛將軍姜維復率衆圍南安，不克而還。**

注釋 ①克：攻克，打敗。②郭循：人名。原來是魏國的中郎，後來被姜維俘虜，任蜀國的左將軍。

譯文 延熙十二年（公元二四九年）春正月，魏國殺掉了大將軍曹爽等人，魏國的右將軍夏侯霸前來投降。夏四月，全國大赦。這年秋天，衛將軍姜維率軍進攻雍州，沒有取得勝

**司馬懿謀殺曹爽**

曹爽爲三國時期魏國大臣。明帝臥病時，他與宣王司馬懿並受遺詔輔佐少帝。官高權重，任用私人，嘉平元年（公元二四九年），少帝謁魏明帝曹睿墓高平陵，曹爽兄弟皆隨行。司馬懿關閉各城門發動政變，將其謀殺。

利就返回來了。將軍句安、李韶投降魏國。

延熙十三年，衛將軍姜維再次率軍攻打魏國的西平，沒有取得勝利返回。

延熙十四年夏天，大將軍費禕返回成都。這一年冬天，費禕再次率軍駐扎在北邊的漢壽。國內大赦。

延熙十五年，吳王孫權去世。後主立兒子劉琮爲西河王。

延熙十六年春正月，大將軍費禕在漢壽被投降的魏國人郭循殺害。這一年夏四月，衛將軍姜維再次率軍攻打南安，沒有取得勝利就返回來。

原文

十七年春正月，姜維還成都，大赦。夏六月，維復率衆出隴西①。冬，拔狄道、河關、臨洮三縣民，居于綿竹、繁縣。

十八年春，姜維還成都。夏，復率諸軍出狄道，與魏雍州刺史王經戰于洮西，大破之。經退保狄道城，維卻住鍾題②。

十九年春，進姜維位爲大將軍，督戎馬，與鎮西將軍胡濟期會上邽③，濟失誓不至④。秋八月，維爲魏大將軍鄧艾所破于上邽。維退軍還成都。




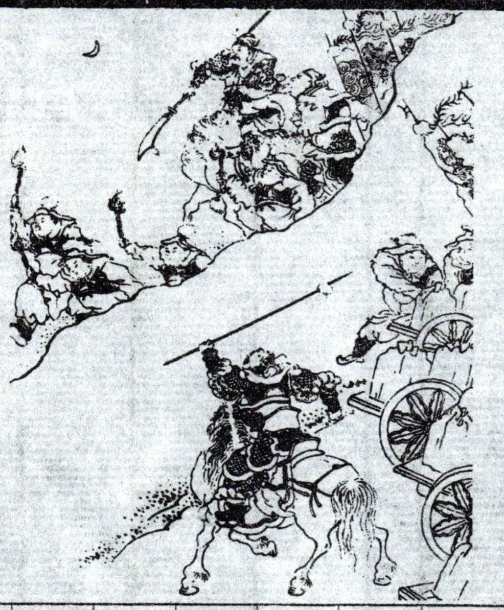

鄧艾智敗姜維

是歲，立子瓚爲新平王。大赦。

二十年，聞魏大將軍諸葛誕據壽春以叛，姜維復率衆出駱谷，至芒水。是歲大赦。

注釋

①隴西：郡名，治所在狄道，也就是今天甘肅省臨洮縣。②鍾題：鎮名。在今天甘肅省臨洮縣南洮河西面。③鎮西將軍：官名。官位僅次于四征將軍。④失誓：失約。

譯文

延熙十七年（公元二五四年）春正月，姜維回到成都，蜀國全國實行大赦。夏六月，姜維再次率軍進攻隴西。這年冬天，姜維攻陷了隴西郡狄道、河關、臨洮三個縣，將三個縣的民衆全部遷到四川的綿竹、繁縣。

延熙十八年春天，姜維回到成都。這年夏天，姜維再次率領各路隊伍進攻狄道，在洮水西岸戰勝魏將雍州刺史王經。王經撤退守住狄道城，姜維退回駐扎在鍾題。

延熙十九年春，提升姜維爲大將軍，統率全國的軍馬，與鎮西將軍胡濟相約在上邽會師，胡濟没有按約定準時到達。這年秋八月，姜維在上邽被魏國的大將軍鄧艾打敗。姜維退回到成都。這一年，後主立自己的兒子劉瓚爲新平王。全國大赦。

延熙二十年，在得知魏國大將軍諸葛誕據守壽春發動叛亂後，姜維再次率領大軍從駱谷發兵，到達芒水。這一年全國大赦。

**原文** 景耀元年①，姜維還成都。史官言景星見，于是大赦，改年。宦人黄皓始專政。吳大將軍孫綝廢其主亮，立琅邪王休。

二年夏六月，立子諶爲北地王，恂爲新興王，虔爲上黨王。

三年秋九月，追謚故將軍關羽②、張飛、馬超、龐統、黄忠。

四年春三月，追謚故將軍趙雲。冬十月，大赦。



五年春正月，西河王琮卒。是歲，姜維復率衆出侯和，爲鄧艾所破，還住沓中。

**注釋** ①景耀：後主劉禪的第三個年號。②追謚：對死去的人追加授予某種稱號。

**譯文** 景耀元年，姜維返回到成都。史官報告天上出現了景星，于是再次實行大赦，改換年號。宦官黄皓開始專權。吳國的大將軍孫綝廢黜了吳國國君孫亮，改立琅邪王孫休爲國君。

景耀二年（公元二五九年）夏六月，後主冊立兒子劉諶爲北地王，冊立劉恂爲新興王，冊立劉虔爲上黨王。

景耀三年秋九月，追謚已經去世的將軍關羽、張飛、馬超、龐統和黄忠。

景耀四年春三月，追謚已經去世的將軍趙雲。這年冬天十月，全國實行大赦。

景耀五年春正月，西河王劉琮去世。這一年，姜維再次率軍攻打侯和，被魏將鄧艾打敗，撤軍返回駐扎在沓中。

**原文** 六年夏，魏大興徒衆，命征西將軍鄧艾、鎮西將軍鍾會、雍州

**姜維**

姜維，蜀國大將軍，諸葛亮北伐事業的繼承者。思慮精密、敏于軍事，既有膽義，又兼心存漢室，深得諸葛亮器重。隨諸葛亮出祁山，久經沙場，累立戰功。

刺史諸葛緒數道並攻。于是遣左右車騎將軍張翼、廖化、輔國大將軍董厥等拒之。大赦。改元爲炎興。冬，鄧艾破衛將軍諸葛瞻于綿竹。用光祿大夫譙周策，降于艾，奉書曰①：「限分江、漢，遇值深遠，階緣蜀土②，鬥絕一隅③，干運犯冒④，漸苒歷載，遂與京畿攸隔萬里。每惟黃初中，文皇帝命虎牙將軍鮮于輔，宣溫密之詔⑤，申三好之恩，開示門戶，大義炳然，而否德暗弱，竊貪遺緒⑥，俯仰累紀，未率大教。天威既震，人鬼歸能之數，怖駭王師，神武所次，敢不革面，順以從命！輒敕羣帥投戈釋甲，官府帑藏一無



所毀。百姓布野，餘糧棲畝，以俟後來之惠，全元元之命⑦。伏惟大魏布德施化⑧，宰輔伊、周，含覆藏疾。謹遣私署侍中張紹⑨、光祿大夫譙周、駙馬都尉鄧良奉齎印綬，請命告誠，敬輸忠款，存亡敕賜⑩，惟所裁之。輿櫬在近⑪，不復縷陳⑫。」是日，北地王諶傷國之亡，先殺妻子，次以自殺。紹、良與艾相遇于雒縣。艾得書，大喜，即報書，遣紹、良先還。艾至城北，後主輿櫬自縛，詣軍壘門。艾解縛焚櫬，延請相見。因承制拜後主爲驃騎將軍⑬。諸圍守悉被後主敕，然後降下。艾使後主止其故宮，身往造焉。資嚴未發，明年春正月，艾見收⑭。鍾會自涪至成都作亂。會既死，蜀中軍衆鈔略⑮，死喪狼籍⑯，數日乃安集⑰。

注釋　①奉書：獻上投降書。②階緣：憑借。③鬥絕：多寫作「陡絶」。形容山勢或者地勢險峭。④干運：抵觸運氣。⑤溫密：言辭誠懇。⑥遺緒：前任沒有完成的功業。⑦元元：指黎民百姓。⑧伏惟：趴在地上思考。常用于下對上，表示謙虛和尊重。⑨私署：私家的府第。

晉諸公贊曰：「劉禪乘騾車詣艾，不具亡國之禮。」

諸葛瞻戰死綿竹

在這裏借指蜀漢，表示謙虛恭敬。⑩敕賜：指告誡或者獎賞。⑪輿櫬：把棺材裝在車上，表示有罪當死。⑫縷陳：詳細的陳述。⑬承制：秉承皇帝的命令。⑭收：逮捕。⑮鈔略：搶奪，掠奪。⑯狼籍：散亂不整齊。形容死傷非常嚴重。⑰安集：安定的意思。

**譯文**

景耀六年（公元二六三年）夏，魏國調集大量的軍隊，同時命令征西將軍鄧艾、鎮西將軍鍾會、雍州刺史諸葛緒分爲幾路同時進攻蜀國。這個時候，蜀派遣左右車騎將軍張翼、廖化、輔國大將軍董厥等進行抗擊。全國大赦。改年號爲炎興。這年冬天，鄧艾在綿竹擊破了衛將軍諸葛瞻的軍隊。後主劉禪采納光祿大夫譙周的計策，向鄧艾投降。投降書上說：「因爲有長江和漢水的阻隔，又逢路途遙遠，憑借地勢險要的一角，蜀觸犯了國家的大運，逐漸地已經有很多年了，最終與京都相隔萬里。每次想到黃初年間，魏文帝派遣虎牙將軍鮮于輔，宣讀言辭懇切的詔令，表明三國友好的恩澤，敞開門戶，大義可見，但是我的德行鄙薄，又愚昧軟弱，從內心裏貪戀前人沒有完成的功業，俯仰之間竟然有幾十年了，沒有遵守聖明的教誨。已經震怒了天威，人鬼都走向了親善的道路，王室的軍隊實在令人感到恐懼，神明英武的軍隊所去的地方，沒有敢不洗心革面，恭順地聽從命令的。我立刻告誡各軍統帥放下手中的武器，讓官府國庫保存的財物，不能有一點損失。百姓都在郊外排列好，剩餘的糧食放在田間，以等君主來到賜予恩惠，保全民衆的性命。想我大魏王室廣泛地實施恩澤教化，任用如伊尹、周公一樣的賢臣爲宰相，一定會包容亡國的人、容納有害的東西。現在敬派私人府署侍中張紹、光祿大夫譙周、駙馬都尉鄧良手捧印綬，向您請示報告表明我的誠意，進獻我的一片忠心，生死存亡的決定，完全聽從您的抉擇。棺材就放在身邊，就不再詳細奏明了。」這天，北地王劉諶獨自感傷蜀國的滅亡，先把自己的妻子殺死，接着自殺了。張紹、鄧良與鄧艾在雒縣會合。鄧艾得到後主的投降書後，非常高興，隨即回信，遣送張紹、鄧良先返回成都。鄧艾到達成都北郊，後主將棺材裝在車上，把自己捆綁起來，前往鄧艾的軍營門前謝罪。鄧艾替後主解下繩索，焚燒車上的棺材，邀請後主與其會面。並且按照君主的旨意授予後主驃騎將軍的頭銜。蜀國的各個營壘全部服從後主的命令，然後投降。鄧艾讓後主住在原來的宮室裏，親自前去拜訪他。但是財物都沒有運走，第二年春正月，鄧艾被捕。鍾會從涪縣到達成都發動叛亂。鍾會死後，蜀中的隊伍搶劫掠奪，死傷了很多人，這一地區經過很多天才安定下來。

原文

後主舉家東遷，既至洛陽，策命之曰：「惟景元五年三月丁亥，皇帝臨軒①，使太常嘉命劉禪爲安樂縣公。于戲②，其進聽朕命！蓋統天載物，以咸寧爲大，光宅天下③，以時雍爲盛④。故孕育羣生者，君人之道也，乃順承天者，坤元之義也。上下交暢，然後萬物協和，庶類獲乂⑤。乃者漢氏失統，六合震擾。我太祖承運龍興⑥，弘濟八極⑦，是用應天順民，撫有區夏。于時乃考因羣傑虎爭，九服不靜，乘間阻遠⑧，保據庸蜀，遂使西隅殊封，方外壅隔。自是以來，干戈不戢⑨，元元之民，不得保安其性，幾將五紀。朕永惟祖考遺志，思在綏緝四海⑩，率土同軌，故爰整六師，耀威梁、益。公恢崇德度⑪，深秉大正，不憚屈身委質⑫，以愛民全國爲貴，降心回慮⑬，應機豹變⑭，履信思順⑮，以享左右無疆之休，豈不遠歟？朕嘉與君公長饗顯祿⑯，用考咨前訓，開國胙土，率遵舊典，錫茲玄牡，苴以白茅⑰，永爲魏藩輔，往欽哉！公其祗服朕命，克廣德心，以終乃顯烈⑱。」食邑萬戶，賜絹萬匹，奴婢百人，他物稱是。子孫爲三都尉封侯者五十餘人。尚書令樊建、侍中張紹、光祿大夫譙周、秘書令郤正、殿中督張通並封列侯。公泰始七年薨于洛陽。

**後主**

後主劉禪，字公嗣，先主劉備的兒子。建安二十四年（公元二一九年），劉備做了漢中王，立劉禪爲王太子。劉備稱帝後，立爲皇太子。章武三年（公元二二三年）四月，劉備在永安宮去世，同年五月，劉禪在成都繼承皇位，當時他十七歲。公元二六三年蜀漢被曹魏所滅，劉禪投降曹魏，被封爲安樂公。

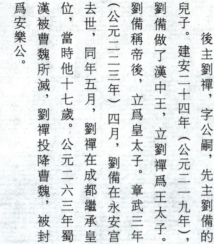

【注釋】①臨軒：皇帝不坐在正殿上，而是在殿前平臺上接近臣下。因爲殿前近檐處兩邊有檻，就像車子的軒，所以稱之爲臨軒。②于戲：同「嗚呼」，嘆詞，沒有實際意義。③光宅：普照，具有，擁有。④時雍：時代安寧、太平。⑤庶類：世界上地萬物。⑥承運：承受天命。古代的帝王在稱帝的時候常説受命于天。⑦弘濟：廣泛地救濟。⑧間：機會，間隙。⑨戢：停止。⑩綏緝：安撫平定。⑪恢崇：發揚光大。⑫委質：臣屬在拜見君主時，屈膝委身于地上。常常用這個詞來表示歸順。⑬回慮：改變意圖。⑭豹變：像豹子的花紋那樣發生顯著的變化。⑮履信：遵守信用。⑯嘉與：獎勵，優待。⑰苴以白茅：古代分封諸侯的時候用白茅編織的席子裹上一些泥土，授予受封者，象徵分給土地。苴，原指枯草，這裏指包裹。⑱顯烈：顯赫的功業。

【譯文】後主全家都往東遷移，到達洛陽後，魏王對後主冊封道：「景元五年三月丁亥，皇帝在朝上派遣太常卿任命劉禪爲安樂縣公。吱，到前面來聽取我的命令。統管萬物，以全國的太平作爲主要的事情，占據天下，以局勢的太平爲美。因此養育民衆是國君的道德，而順承天意是德的本來意義。上下都順暢，然後萬事才能協調和諧，萬物才能安定下來。過去漢王朝失去了天下，社會震動混亂。我太祖蒙受天命建立新的王朝，普救天下于亂世，正是順應了天意和民心，才能占據中國。當時，你的父親因爲衆多豪傑互相角逐較量，國家不安寧，便趁機憑借遠方的險要割據蜀地，這樣就使西部邊遠地區封賞和賞賜不同，邊遠地區閉塞阻隔。從那時以來，戰爭不停止，黎明百姓的生命不能保全，持續了將近六十年的時間。我長久地考慮祖先的遺願，目的是使四海能夠安定協和，使全國得到統一，因此統帥大軍在梁州、益州炫耀軍威。你弘揚推崇德行，秉持大義，不惜屈身歸順我朝，以愛護民衆，保全國家的力量爲重，克制自己的心志，改變意圖，順應時機，改變策略，遵守信用，考慮歸順，以享受無窮的福祿，這難道不遠大嗎？我嘉獎你讓你長久地享受到豐厚的俸祿，所以考察前代的法令，建立國家、賞賜土地，遵循以前的典章制度，賜予你這片黑色的土地，用白色的茅草包裹，永遠做魏王室的藩籬輔城，去努力做吧！你要恭順地執行我的命令，使你的德操心志寬廣，完成你顯赫的功業。」賜給後主能夠收取萬戶租稅的土地，絹萬匹，奴婢一百名，其他財物的數量也相當多。後主的子孫中有五十多人被任命爲三都尉而且封給侯爵。尚書令樊建、侍中張紹、光祿大夫譙周、秘書令郤正、殿中督張通同時也被封爲列侯。安樂縣公劉禪在晉泰始七年死于洛陽。

原文

評曰：後主任賢相則爲循理之君，惑閹豎則爲昏暗之後①，傳曰②：「素絲無常，唯所染之。」信矣哉③！禮，國君繼體④，逾年改元，而章武之三年，則革稱建興，考之古義，體理爲違。又國不置史，注記無官⑤，是以行事多遺⑥，災異靡書⑦。諸葛亮雖達于爲政，凡此之類，猶有未周焉。然經載十二而年名不易，軍旅屢興而赦不妄下，不亦卓乎！自亮沒後，茲制漸虧⑧，優劣著矣⑨。

注釋

①閹豎：對太監的賤稱，這裏指黄皓。②傳：指古書。③信：確實。④繼體：繼承帝位。⑤注記：記録。⑥行事：經歷的事情。⑦災異：指自然災害和某些特殊的自然現象。⑧虧：毀壞，毀滅。⑨著：明顯，顯著。

譯文

評論説：後主任用賢明的丞相就可以成爲遵循事理的明君，被宦官迷惑就會成爲昏庸糊塗的昏君。傳言説：「白色的絲没有固定的顔色，衹能看用什麼顔色來染它。」的確是這樣啊！遵照禮法，國君繼承王位，第二年應該改用新的年號來紀年，可是章武三年，便把年號改爲建興，按照古代的規定來考察，這又違背了事理規矩。又國家不設置史官的職位，沒有人記録這些，因爲經歷的事情有多處被遺漏，自然災害和特殊奇異的自然現象沒有記載。諸葛亮雖然善于治理國政，凡是這樣的事情，仍然考慮得不夠周全。然而經歷了十二年還沒有改換新的年號，多次出師卻不亂下赦令，這不也是他非常卓越的地方嗎！自從諸葛亮去世後，這種制度慢慢地虧損，好壞的區分就非常明顯了。

## 諸葛亮傳

原文

諸葛亮字孔明，琅邪陽都人也。漢司隸校尉諸葛豐後也。父珪，字君貢，漢末爲太山郡丞。亮早孤①。從父玄爲袁術所署豫章太守。玄將亮及亮弟均之官。會漢朝更選朱皓代玄②。玄素與荆州牧劉表有舊③，往依之④。玄卒，亮躬耕隴畝，好爲《梁父吟》。身長八尺，每自比于管仲、樂毅。時人莫之許也，惟博陵崔州平、潁川徐庶元直與亮友善，謂爲信然。

《漢晋春秋》曰：「亮家于南陽之鄧縣，在襄陽城西二十里，號曰隆中。」

注釋 ①孤：年幼死去父親。②會：恰巧。朱皓：人名。③有舊：有交情，有交往。④依：依附，倚靠。

譯文 諸葛亮，字孔明，琅邪郡陽都人。他是漢代司隸校尉諸葛豐的後代。父親諸葛珪，字君貢，在東漢末年做過泰山郡的郡丞。諸葛亮很早就成了孤兒。他的叔父諸葛玄被袁術任命爲豫章太守。諸葛玄帶着諸葛亮及其弟諸葛均到豫章去上任，正趕上朝廷又選派了朱皓去代替諸葛玄任職。諸葛玄以前一直與荊州牧劉表交好，就去依附劉表。諸葛玄去世後，諸葛亮親自在田地上耕種，喜歡吟誦《梁父吟》。他身高八尺，常常把自己比作管仲、樂毅。當時沒有人認爲他有這樣的才能，衹有博陵人崔州平、潁川人徐庶（字元直）和諸葛亮是好朋友，他們認爲確實是這樣。

原文 時先主屯新野。徐庶見先主，先主器之，謂先主曰：「諸葛孔明者，臥龍也，將軍豈願見之乎？」先主曰：「君與俱來。」庶曰：「此人可就見，不可屈致也。將軍宜枉駕顧之①。」

由是先主遂詣亮，凡三往②，乃見。因屏人曰：「漢室傾頹，姦臣竊命，主上蒙塵。孤不度德量力，欲信大義于天下，而智術短淺，遂用猖獗③，至于今日。然志猶未已，君謂計將安出？」亮答曰：「自董卓已來，豪傑並起，跨州連郡者不可勝數。曹操比于袁紹，則名微而衆寡，然操遂能克紹，以弱爲強者，非惟天時，抑亦人謀也④。今操已擁百萬之衆，挾天子而令諸侯，此誠不可與爭鋒。孫權據有江東，已歷三世，國險而民附，賢能爲之用，此可以爲援而不可圖也⑤。

「荊州北據漢、沔，利盡南海⑥，東連吳會，西通巴、蜀，此用武之國，而其主不能守，此殆天所以資將軍，將軍豈有意乎？益州險塞，沃野千里，天府之土，高祖因之以成帝業。劉璋暗弱，張魯在北，民殷國富而不知存恤，智能之士思得明君。將軍既帝室之胄，信義著于四海，總攬英雄，思賢如渴，若跨有荆、益，保其巖阻，西和諸戎，南撫夷越，外結好孫權，內修政理；天下有變，則命一上將將荆州之軍以向宛、洛，將軍身率益州之衆出于秦川，百姓孰敢不簞食壺漿以迎將軍者乎？誠如是，則霸業可成，漢室可興矣。」先主曰：「善！」于是與亮情好日密。關羽、張飛等不悅，先主解之曰：「孤之有孔明，猶魚之有水也。願諸君勿復言。」羽、飛乃止。

**注釋** ①枉駕：親自前往。②凡：總共。③用：因此。猖獗：挫折，覆敗。④抑：連詞，表示遞進的關係。⑤援：外援，支援。圖：此處指奪取。⑥利：利益，資源。盡：全部，全部占有。

**譯文** 當時蜀先主劉備在新野駐軍。徐庶拜見劉備，劉備很器重他。徐庶對劉備說：「諸葛孔明這個人是一條卧龍。將軍您難道不願意見他嗎？」劉備說：「你帶他一起來吧。」徐庶說：「這個人衹可以去拜訪求見，不可以委屈他，硬把他找來。將軍應該屈尊親自去拜訪他。」

**劉玄德三顧茅廬**

劉備屯新野之時，徐庶舉薦人中卧龍諸葛孔明，劉備三次前往草廬，才得相見，孔明向劉備獻三分天下之計，得到劉備的賞識，並發出「孤之有孔明，猶魚之有水也」之感慨。

因此劉備就去拜見諸葛亮，一共去了三次，才見到諸葛亮。

劉備就讓周圍的人都退開，說：「漢朝衰微，奸臣盜取了國家大權，皇帝蒙受風塵，顛沛流離。我沒有衡量自己的德行，自不量力，想要在天下伸張大義，卻苦于智謀短淺，所以遭到失敗，到了今天這步田地。然而我矢志不渝。您認爲我該采用什麽計策呢？」諸葛亮回答說：「自從董卓以來，豪傑同時興起，擁有幾州或幾郡土地的人數不勝數。曹操比起袁紹來，名望低微，兵馬很少，但是曹操就能打敗袁紹，由弱變強，其原因不衹是曹操占有天時，也是善于用人的結果。現在曹操已經擁有上百萬的軍隊，挾制了皇帝，向諸侯發號施令。這確實無法與他正面較量。孫權占據江東，已經經歷了三代人。江東地區地勢險要，人民歸附了他，賢人爲他所用，這是可以作爲外援卻不能圖謀奪取的。「荊州北面占有漢水、沔水，南面可以得到一直到南海邊上的全部利益，東面與吳郡的都城相連，西面通向巴郡、蜀郡。這是個用兵作戰的好地區，但它的主人卻不能守住它，這可能是上天用它來資助將軍的，將軍可有心奪取它嗎？益州地區四周有險要關塞，裏面有上千里的肥沃土地，是天然寶庫一樣的國土。高祖皇帝依靠它建成了皇帝的事業。劉璋昏庸軟弱，張魯在北面，雖然人民殷實，國家富裕，卻不知道關懷體貼百姓，有才能、有智慧的人都想要得到一個明智的君主。將軍您既是皇室的後代，又有聞名天下的重信義的聲譽；您大量收攬英雄豪傑，如飢似渴地思慕人才。如果能據有荊、益兩州土地，守住它的險要關隘，向西與各戎族部落和好，向南安撫夷族、越族的百姓，外面和孫權結成同盟，內部整頓政治。天下形勢有了變化時，就命令一員上將率領荊州的軍隊向宛城、洛陽地區進攻，將軍親自率領益州的大軍從秦川出擊。百姓們能有誰不用竹籃裝着食物，用壺裝着酒漿來迎接您呢？果然像這樣的話，您稱霸的大業就可以成功，漢王室也可以興旺了。」劉備說：「好！」于是和諸葛亮的感情日益加深，關係日益親密。關羽、張飛等人不高興，劉備向他們解釋說：「我有了孔明，就像魚到了水中一樣。請你們不要再說什麼了。」關羽、張飛才停止議論。

【原文】劉表長子琦，亦深器亮。表受後妻之言，愛少子琮，不悅于琦。琦每欲與亮謀自安之術①，亮輒拒塞②，未與處畫③。琦乃將亮游觀後園，共上高樓，飲宴之間，令人去梯，因謂亮曰：「今日上不至天，下不至地，言出子口，入于吾耳，可以言未？」亮答曰：「君不見申生在內而危，重耳在外而安乎④？」

琦意感悟，陰規出計⑤。會黃祖死，得出，遂爲江夏太守。俄而表卒⑥，琮聞曹公來征，遣使請降。先主在樊聞之，率其衆南行，亮與徐庶並從，爲曹公所追破，獲庶母。庶辭先主而指其心曰：「本欲與將軍共圖王霸之業者，以此方寸之地也⑦。今已失老母，方寸亂矣，無益于事，請從此別。」遂詣曹公。

**荊州城公子三求計**

劉備寄居劉表處時，劉表的長子劉琦深信諸葛亮，劉琦看劉表很疼愛弟弟劉琮，恐怕日後有變，向諸葛亮求一計。諸葛亮礙于主公情面，再三推托。然終拗不過劉琦，衹説「君不見申生在内而危，重耳在外而安乎？」助劉琦逃此一劫。

注釋

①自安之術：保全自己的辦法。②輒：每，常常。拒塞：拒絶阻止。③處畫：處理謀劃。④申生、重耳：都是春秋時期晉獻公的兒子。申生是太子，被晉獻公的妃子驪姬讒害。重耳流亡在外，後來回國做了國君。⑤規：規劃、圖謀。⑥俄而：没過多久。⑦方寸之地：指人的心。

譯文

劉表的長子劉琦，也非常器重諸葛亮。劉表偏信後妻的話，疼愛小兒子劉琮，不喜歡劉琦。劉琦常常想與諸葛亮商議一個讓自己保全的方法，諸葛亮動不動就推托敷衍，不肯給他謀劃。劉琦就帶着諸葛亮到後花園去游玩，一起登上高樓，在飲酒中間，讓人撤去梯子，借機對諸葛亮説：「今天我們上不接天，下不着地，話從您嘴裏説出來，進入我的耳中，



您可不可以説呢？」諸葛亮回答説：「您沒有見到申生在宮中遭到殺害，重耳在外地就平安無事嗎？」

劉琦領悟到了諸葛亮的意思，就在暗地裏謀劃離開襄陽的主意。正巧黄祖死了，劉琦得到機會外出，就去做江夏太守。不久劉表去世了，劉琮聽説曹操來進攻，就派使節去向曹操投降。劉備在樊城聽到這個消息，率領他的部下向南撤退，諸葛亮和徐庶一起跟着劉備走，被曹操的追兵打敗，曹軍抓住了徐庶的母親。徐庶向劉備告辭，指着自己的心説：「我本來想要和將軍您一起謀劃建立稱霸天下的王侯大業，憑的是這顆心。現在失去了老母，心裏亂了，對您的事業沒有益處，請讓我就此和您分手吧。」他便到曹操那裏去了。

原文

先主至于夏口，亮曰：「事急矣，請奉命求救于孫將軍。」時權擁軍在柴桑，觀望成敗。亮説權曰：「海内大亂，將軍起兵據有江東，劉豫州亦收衆漢南，與曹操並爭天下。今操芟夷大難，略已平矣，遂破荆州，威震四海。英雄無所用武，故豫州遁逃至此。將軍量力而處之：若能以吳、越之衆與中國抗衡，不如早與之絶；若不能當，何不案兵束甲①，北面而

**諸葛亮舌戰羣儒**

劉備被曹操大軍追殺，走投無路。在臨危之際，諸葛亮到孫權處求救。諸葛孔明用三寸不爛之舌說退江東謀士，說服孫權，孫權派大將周瑜、魯肅與劉備同心協力，對抗曹軍。

事之②！今將軍外托服從之名③，而內懷猶豫之計，事急而不斷④，禍至無日矣⑤！」權曰：「苟如君言，劉豫州何不遂事之乎⑥？」亮曰：「田橫，齊之壯士耳，猶守義不辱，況劉豫州王室之胄，英才蓋世，衆士慕仰，若水之歸海，若事之不濟⑦，此乃天也，安能復爲之下乎！」

權勃然曰：「吾不能舉全吳之地，十萬之衆，受制于人。吾計決矣！非劉豫州莫可以當曹操者，然豫州新敗之後，安能抗此難乎？」亮曰：「豫州軍雖敗于長阪，今戰士還者及關羽水軍精甲萬人，劉琦合江夏戰士亦不下萬人。曹操之衆，遠來疲敝，聞追豫州，輕騎一日一夜行三百餘里，此所謂『強弩之末，勢不能穿魯縞』者也。故兵法忌之，曰『必蹶上將軍』。且北方之人，不習水戰；又荊州之民附操者，逼兵勢耳，非心服也。今將軍誠能命猛將統兵數萬，與豫州協規同力，破操軍必矣。操軍破，必北還，如此則荊、吳之勢強，鼎足之形成矣。成敗之機，在于今日。」

權大悅，即遣周瑜、程普、魯肅等水軍三萬，隨亮詣先主，並力拒曹公。曹公敗于赤壁，引軍歸鄴。先主遂收江南，以亮爲軍師中郎將，使督零陵、桂陽、長沙三郡，調其賦稅，以充軍實。

注釋 ①案兵：按兵不動。束甲：把鎧甲包裹起來。②北面而事之：在封建時代君主坐北朝南，臣子臉向着北面朝見天子。這裏指投向曹操稱臣。③托：假托。④斷：決斷。⑤無日：没有幾天。⑥遂：就。⑦事：與曹操抗衡，奪取天下的事情。不濟：不成功。

譯文 劉備到了夏口。諸葛亮說：「形勢很危急了，請讓我帶着您的使命去向孫將軍求救。」當

《零陵先賢傳》云：「亮時住臨烝。」

時孫權帶領軍隊駐在柴桑，觀望曹操和劉備之間的勝敗情況。諸葛亮勸說孫權道：「海內大亂，您起兵占據了江東，劉豫州也在漢水以南招納士兵，和曹操爭奪天下。現在曹操把國內各處的大敵基本上都消滅掉了，接着攻占了荆州，威震四海。現在英雄無用武之地，所以劉豫州逃到了這裏。您應該根據自己的力量來處理當前局勢：如果您能用吳、越的軍隊和中原軍隊抗衡，不如早日和曹操絶交；如果不能抵擋他，爲什麼不放下武器，捆起甲胄，向曹操稱臣投降呢？現在您表面上假借服從朝廷的名義，内心卻猶豫不定，形勢危急卻不早決斷，大禍沒有幾天就會降臨了。」孫權說：「假如像您說的這樣，劉豫州爲什麼不馬上投降曹操呢？」諸葛亮說：「田横衹是一個齊國的壯士罷了，他還能堅守道義，不肯受辱。何况劉豫州是皇室的後裔，是蓋世無雙的英才，士大夫們都仰慕他，像河水流向大海一樣奔來投靠他。如果大事不能成功，那就是天意了。他怎麼能再做曹操的手下人呢！」

孫權勃然大怒說：「我不能拿整個吳郡的土地和十萬軍隊去接受別人的控制。我的主意已經決定了！除了劉豫州以外沒有人可以抵擋曹操，但是劉豫州在剛打了敗仗後，怎麼能夠抗擊這個强敵呢？」諸葛亮說：「劉豫州的軍隊雖然在長阪失敗了，現在回來的士兵和關羽的水軍一共還有上萬名精兵。劉琦集合的江夏軍隊士兵也不少于一萬人。曹操的軍隊從遠方而來，已疲憊不堪。聽說在追擊劉豫州時，輕騎兵一天一夜裏趕三百多里路，這就是所說的『强弩射出的箭射到盡頭時，它的力量連魯地出産的薄紗也穿不透了』。所以兵法上忌諱這種情况，說它『一定會損失軍隊的統帥』。而且北方的人不熟悉水戰；再有荆州的人民依附曹操衹是迫于軍隊的威脅罷了，並不是真心服從。現在將軍真能夠命令猛將統領幾萬軍隊，和劉豫州同心協力，一齊謀劃，就一定能打敗曹軍。曹操的軍隊失敗後，一定會退回北方，這樣荆州和東吳的勢力增强，就形成三足鼎立的形勢。成敗的關鍵就在今天了。」

孫權非常高興，就派周瑜、程普、魯肅等人帶三萬水軍，和諸葛亮一起去見劉備，合力抵禦曹操。曹操在赤壁打了敗仗，領兵回到鄴城。劉備就占據了江南地區，任命諸葛亮做軍師中郎將，讓他管理零陵、桂陽、長沙三個郡，調用那裏的賦税來供應軍隊使用。

**原文** **建安十六年，益州牧劉璋遣法正迎先主[1]，使擊張魯。亮與關羽鎮荆州。先主自葭萌還攻璋，亮與張飛、趙雲等率衆溯江[2]，分定郡縣，與先主共圍成都。成都平，以亮爲軍師將軍，署左將軍府事[3]。先主外出，**

亮常鎮守成都，足食足兵。

二十六年，羣下勸先主稱尊號，先主未許，亮說曰：「昔吳漢、耿弇等初勸世祖即帝位，世祖辭讓，前後數四，耿純進言曰：『天下英雄喁喁④，冀有所望⑤。如不從議者，士大夫各歸求主，無爲從公也。』世祖感純言深至，遂然諾之⑥。今曹氏簒漢，天下無主，大王劉氏苗族，紹世而起⑦，今即帝位，乃其宜也。士大夫隨大王久勤苦者，亦欲望尺寸之功如純言耳。」

先主于是即帝位，策亮爲丞相曰：「朕遭家不造，奉承大統，兢兢業業，不敢康寧，思靖百姓，懼未能綏。于戲！丞相亮其悉朕意，無怠輔朕之闕，助宣重光，以照明天下，君其勖哉！」亮以丞相錄尚書事，假節。張飛卒後，領司隸校尉。

注釋 ①先主：指劉備。②泝江：沿着長江向上行走。③署：兼任。④喁喁：本來是用來指魚嘴巴露出水面的樣子，這裏用來比喻衆人都景仰和向往。⑤冀：希望。⑥諾：答應。⑦紹世：繼世。紹，繼承。

譯文 建安十六年（公元二一一年），益州牧劉璋派遣法正來迎接劉備，讓他去攻打張魯。諸葛亮和關羽鎮守荊州。劉備從葭萌回來攻打劉璋，諸葛亮和張飛、趙雲等人率領軍隊沿長江向上游進攻，分別平定了各個郡縣，和劉備一起包圍了成都。成都平定以後，劉備任命諸葛亮做軍師將軍，署理左將軍府事。劉備外出時，諸葛亮經常在成都鎮守，操辦的糧食和軍用物資都很充足。

建安二十六年（公元二二一年），部屬們勸說劉備稱皇帝。劉備沒有答應。諸葛亮勸說道：「過去吳漢和耿弇等人開始勸世祖劉秀做皇帝時，世祖謙讓，不肯即位，前後多次推辭，耿純去勸說：『天下的英雄景仰您，追隨您，都希望能跟着您達到自己的願望。如果您不接受大家的建議，大家就會各自回去另找主人，沒有理由一直跟隨您了。』世祖覺得耿純的話非常深刻中肯，就答應了。現在曹氏簒奪了漢朝的政權，天下沒有君主了。大王您是劉氏皇族的後代，繼承了帝王世系而興起。現在您即皇帝位，正是應當的。士大夫們長久以來跟隨大王吃苦效力的原因，也是像耿純講的那樣想要建立一點兒功勳罷了。」

劉備于是即位爲皇帝，策封諸葛亮爲丞相。劉備下詔對諸葛亮說：「朕遭遇到家族的不幸，被推舉繼承了皇帝位，將兢兢業業地執政，不敢安逸享樂，想要讓百姓生活安寧，但總怕不能讓天下平定。啊！丞相諸葛亮要了解朕的心意，不要怠慢，輔助朕彌補疏漏不足，協助我宣揚王室的功德，像日月一樣照亮天下。您要多加勉勵自己啊！」諸葛亮以丞相身份管理尚書事務，借給他符節代行王權。張飛死後，諸葛亮又兼任司隸校尉。

**原文**

章武三年春，先主于永安病篤①，召亮于成都，屬以後事②，謂亮曰：「君才十倍曹丕，必能安國，終定大事。若嗣子可輔③，輔之；如其不才，君可自取。」亮涕泣曰：「臣敢竭股肱之力④，效忠貞之節⑤，繼之以死！」先主又爲詔敕後主曰：「汝與丞相從事，事之如父。」

建興元年，封亮武鄉侯，開府治事⑥。頃之，又領益州牧。政事無巨細，咸決于亮。南中諸郡，並皆叛亂，亮以新遭大喪，故未便加兵，且遣使聘吳，因結和親，遂爲與國。

劉先主遺詔托孤兒

**注釋**

①病篤：病得很嚴重。②屬：同「囑」，囑托。③嗣子：帝王和諸侯的嫡長子。這裏指劉備的長子劉禪。④股肱之力：這裏用來比喻帝王的輔佐。⑤效：貢獻。⑥開府：建立官署，設置署官。

**譯文**

章武三年（公元二二三年）春天，劉備在永安病危，從成都把諸葛亮召來，向他托付後事。劉備對諸葛亮說：「您的才能是曹丕的十倍，一定能夠安定國家，最終完成統一大業。如果繼位的皇子可以輔佐，您就輔佐他；如果他沒有才能，您就取而代之。」諸葛亮哭着說：「臣子一定竭盡全力輔助皇子，貢獻忠貞的節操，一直堅持到死爲止。」劉備又寫了詔書給劉禪：「你要跟着丞相學習治理國家，像對父親一樣地對待他。」

詔賜亮金鈇鉞一具，曲蓋一，前後羽葆鼓吹各一部，虎賁六十人。

**孔明初上出師表**

建興五年（公元二二七年），諸葛亮率領各路軍隊向北去駐守漢中，臨出發前上表劉禪，訴說先帝托孤之情，備述北伐的決心，感人至深。

建興元年（公元二二三年），後主劉禪封諸葛亮爲武鄉侯，設立官署處理政事。不久，後主又讓諸葛亮兼任益州牧。國家政務不論大小，全都由諸葛亮決定。南方的幾個郡一起叛亂，諸葛亮因爲國家剛喪失了君主，就沒有派兵去討伐，暫時派出使節去吳國訪問，趁勢和他們結爲姻親，友好相處，成爲盟國。

原文 三年春，亮率衆南征①，其秋悉平②。軍資所出，國以富饒，乃治戎講武③，以俟大舉④。

五年，率諸軍北駐漢中，臨發，上疏曰：

先帝創業未半而中道崩殂，今天下三分，益州疲弊⑤，此誠危急存亡之秋也⑥。然侍衛之臣不懈于内⑦，忠志之士忘身于外者，蓋




追先帝之殊遇，欲報之于陛下也。誠宜開張聖聽，以光先帝遺德，恢弘志士之氣，不宜妄自菲薄，引喻失義，以塞忠諫之路也。宮中府中俱爲一體，陟罰臧否，不宜異同。若有作奸犯科及爲忠善者，宜付有司論其刑賞，以昭陛下平明之理，不宜偏私，使内外異法也。侍中、侍郎郭攸之、費禕、董允等，此皆良實，誌慮忠純，是以先帝簡拔以遺陛下。愚以爲宮中之事，事無大小，悉以咨之，然後施行，必能裨補闕漏，有所廣益。將軍向寵，性行淑均，曉暢軍事，試用于昔日，先帝稱之曰能，是以衆議舉寵爲督。愚以爲營中之事，悉以咨之，必能使行陳和睦，優劣得所。

親賢臣，遠小人，此先漢所以興隆也；親小人，遠賢臣，此後漢所以傾頹也。先帝在時，每與臣論此事，未嘗不嘆息痛恨于桓、靈也。侍中、尚書、長史、參軍，此悉貞良死節之臣，願陛下親之信之，則漢室之隆，可計日而待也。

注釋　①南征：征伐南中地區。②悉：全部。③治戎：整治軍隊。講武：講習軍事，即進行軍事訓練。④以俟：用這個來等待。大舉：大的軍事行動。⑤疲弊：困乏，凋敝。⑥此誠危急存亡之秋：這是關係到國家生死存亡的時候了。⑦懈：懈怠，鬆懈。內：指朝廷。

譯文　建興三年（公元二二五年）春天，諸葛亮領兵討伐南方，當年秋天就把南方全部平定。軍需物資都從這些南方郡縣徵調，國家財政變得富裕起來。諸葛亮就整頓軍隊，訓練武功，等待時間大舉進攻曹操。

建興五年（公元二二七年），諸葛亮率領各路軍隊向北去駐守漢中，臨出發前，給後主上奏章說：

先帝開創的事業還沒有完成一半，中途就去世了。現在天下分爲魏、蜀、吳三國，益州地區人力疲憊，經濟殘破，這確實是決定存亡的危急關頭。然而侍衛的臣子們在朝廷內能毫不懈怠，忠誠的將士在外面奮不顧身地戰鬥，都是追念先帝給他們的深厚恩德，想要爲此報答陛下的緣故。陛下確實是應該廣泛聽取建議，把先帝遺留的德行發揚光大，大力振奮有志之士，不應該妄自菲薄，不要在說話時采用不符合道義的不恰當比喻，以免使得羣臣盡忠進諫的道路被堵塞。皇宮和丞相府中的官屬都是




一個整體，升降賞罰，辨事對錯，不應有兩個標準。如果有作惡犯法的和忠心行善的，都應該交付主管官府評定對他們的刑罰或獎勵，以昭示陛下公平嚴明的治理，不應該有所偏袒，使宮內外的獎懲制度不同。侍中、侍郎郭攸之、費禕、董允等人，都是善良忠實的人，他們心懷忠誠，思想純潔，因此先帝把他們挑選出來留給陛下。我認爲宮中的事情，不管大小，都可以去徵求他們的意見，然後再去施行，一定能彌補疏漏和不足，獲取許多好處。將軍向寵，性情和善，辦事公正，通曉軍事，以前曾經試用過，先帝稱贊他有能力，因此衆人公議推舉他做都督。我認爲軍營中的事務都可以去徵求他的意見，一定能夠讓軍隊內部和睦，優秀人才和低劣的將士都各得其所。

親近賢臣，疏遠小人，這是前漢興隆的原因；親近小人，疏遠賢臣，這是後漢覆滅的原因。先帝在世時經常和我談論這件事，沒有一次不嘆息，爲桓、靈二帝感到痛心和遺憾。侍中、尚書、長史、參軍，這些人全都是正直善良忠貞不二的大臣，希望陛下親近他們，相信他們，那麽漢王朝的興隆就指日可待了。

原文　**臣本布衣①，躬耕于南陽②，苟全性命于亂世，不求聞達于諸侯③。**

《漢書·地理誌》曰：「滍惟水出牂牁郡句町縣。」

先帝不以臣卑鄙④，猥自枉屈⑤，三顧臣于草廬之中，諮臣以當世之事，由是感激，遂許先帝以驅馳。後值傾覆⑥，受任于敗軍之際，奉命于危難之間，爾來二十有一年矣。

先帝知臣謹慎，故臨崩寄臣以大事也⑦。受命以來，夙夜憂嘆，恐托付不效，以傷先帝之明，故五月渡瀘，深入不毛。今南方已定，兵甲已足，當獎率三軍，北定中原，庶竭駑鈍，攘除奸凶，興復漢室，還于舊都。此臣所以報先帝，而忠陛下之職分也。

至于斟酌損益，進盡忠言，則攸之、禕、允之任也。願陛下托臣以討賊興復之效；不效，則治臣之罪，以告先帝之靈。若無興德之言，則責攸之、禕、允等之慢，以彰其咎。陛下亦宜自謀，以諮諏善道，察納雅言，深追先帝遺詔。臣不勝受恩感激。今當遠離，臨表涕零，不知所言。

遂行，屯于沔陽。



注釋　①布衣：平民百姓的代稱。②躬耕：親自耕種。南陽：郡名，治所在宛縣。③聞達：揚名顯達。諸侯：指東漢末年割據四方的軍閥和州郡長官。④卑鄙：身份低下，學識淺薄，這裏是謙虛的說法。⑤猥自枉屈：降低身份，親自拜訪。⑥後值傾覆：指漢獻帝建安十三年劉備在當陽長坂坡被曹操打敗。⑦大事：國家大事。

譯文　臣子本是平民百姓，在南陽親身耕種田地，在亂世中苟且保全性命，不想在諸侯中間做官揚名。先帝不因爲我地位低下、學識淺薄，降低身份屈尊來訪，三次到草房裏來拜訪我，向我咨詢當今天下大勢。我因此非常感激，就答應先帝爲他奔走效力。後來遇到戰敗，在軍隊失利的時刻接受了重任，在危難之中承受了命令，到現在已經二十一年了。

先帝知道臣子辦事謹慎，所以在臨去世時將國家大事托付給我。我承受命令以來，晝夜擔憂嘆息，恐怕完不成先帝的托付，有損先帝的知人之明。所以在五月中渡過瀘水，深入不毛之地。現在南方已經被平定，士兵和武器都準備充足，應當鼓勵三軍，率領他們進攻，向北平定中原。希望能竭盡我愚鈍的能力，鏟除奸惡凶徒，恢復並振興漢王朝，回到舊都去。這是臣子用來報答先帝並效忠陛下的本職。

至于斟酌事務的利弊，進獻忠諫，就是郭攸之、費禕、董允他們的任務了，希望陛下把討伐賊人、恢復漢朝王室的任務委托給我，沒有成效，就懲辦我的罪過，來向先帝的神靈報告。如果聽不到勉勵陛下樹立德行的言論，就要責罰郭攸之、費禕、董允他們怠慢失職，明確揭露他們的過錯。陛下自己也應該謀劃國事，咨詢和尋找治國的好辦法，察覺並采納正確的建議，深刻地領會先帝的遺詔。我就蒙受深恩，不勝感激了。現在要遠離陛下，在寫這篇奏章時，流淚不止，不知道該說什麼才好。

于是諸葛亮出征，駐扎在沔陽。

原文

六年春，揚聲由斜谷道取郿，使趙雲、鄧芝爲疑軍，據箕谷，魏大將軍曹真舉衆拒之。亮身率諸軍攻祁山，戎陳整齊，賞罰肅而號令明，南安、天水、安定三郡叛魏應亮，關中響震。魏明帝西鎮長安，命張郃拒亮，亮使馬謖督諸軍在前，與郃戰于街亭。謖違亮節度，舉動失宜，大爲郃所破。

《魏略》曰：「卒聞亮出，朝野恐懼，隴右、祁山尤甚，故三郡同時應亮。」

亮拔西縣千餘家，還于漢中，戮謖以謝衆①。上疏曰：「臣以弱才，叨竊非據，親秉旄鉞以厲三軍②，不能訓章明法③，臨事而懼④，至有街亭違命之闕，箕谷不戒之失，咎皆在臣授任無方⑤。臣明不知人，恤事多暗⑥，《春秋》責帥，臣職是當⑦。請自貶三等，以督厥咎。」于是以亮爲右將軍，行丞相事，所總統如前。

孔明揮淚斬馬謖

注釋

①謝衆：向衆人謝罪。②秉：執掌，掌握。旄鉞：古代天子所用的儀仗。③訓章：訓導法規。明法：嚴明章法。④臨事而懼：用兵時心存戒備之心，不可以輕敵。⑤無方：沒有固定的法度，這裏指處理事情不恰當。⑥恤：顧，考慮。暗：糊塗不明。⑦臣職是當：我應當擔當的責任。

【譯文】建興六年（公元二二八年）春天，諸葛亮揚言要從斜谷道攻打郿縣，派趙雲、鄧芝作爲疑兵，占據箕谷。魏國大將軍曹眞領兵去阻擋他們。諸葛亮親自率領各軍攻打祁山，軍隊陣容整齊，賞罰嚴格而且號令明確。南安、天水、安定三個郡背叛魏國來響應諸葛亮，關中地區都被震動。魏明帝到長安鎮守，命令張郃去抵擋諸葛亮。諸葛亮派馬謖在前方督管各軍，和張郃在街亭交戰。馬謖違背了諸葛亮的部署安排，作戰行動失誤，被張郃打得大敗。

諸葛亮把西縣的一千多戶人口遷移走，領兵回到漢中，處死馬謖向大家謝罪，並且送上奏章，說：「臣子以自己薄弱的才能，卻擔當了無法勝任的重任，親自手執旄頭和斧鉞，激勵三軍出征，但是不能向將士訓導軍規、明確法紀，面臨大事時沒有周詳考慮，致使造成馬謖在街亭違背命令的失敗，以及在箕谷戒備不嚴的失利。過失都在于臣子用人不當。臣子沒有知人之明，辦理事務中又有很多昏庸不明之處，《春秋》記載，戰爭失利要責罰領兵的主將，臣子的職務正是應該負責的。請求降我三級官職，用來懲戒這次的過失。」于是朝廷將諸葛亮降爲右將軍，代理丞相事務，總管的政務和以前一樣。

【原文】冬，亮復出散關，圍陳倉，曹真拒之，亮糧盡而還。魏將王雙率騎追亮，亮與戰，破之，斬雙。

七年，亮遣陳式攻武都、陰平。魏雍州刺史郭淮率衆欲擊式①，亮自出至建威，淮退還，遂平二郡。詔策亮曰：「街亭之役，咎由馬謖，而君引愆②，深自貶抑，重違君意③，聽順所守④。前年耀師⑤，馘斬王雙⑥；今歲爰征，郭淮遁走；降集氐、羌，興復二郡，威鎮凶暴，功勛顯然。方今天下騷擾，元惡未梟⑦，君受大任，幹國之重，而久自挹損，非所以光揚洪烈矣。今復君丞相，君其勿辭。」

九年，亮復出祁山，以木牛運，糧盡退軍，與魏將張郃交戰，射殺郃。

十二年春，亮悉大衆由斜谷出，以流馬運，據武功五丈原，與司馬宣王對于渭南。亮每患糧不繼，使己志不申，是以分兵屯田，爲久駐之基。耕者雜于渭濱居民之間，而百姓安堵，軍無私焉。相持百餘日。其年八月，亮疾病，卒于軍，時年五十四。及軍退，宣王案行其營壘處所，曰：「天

孔明遺計斬王雙

下奇才也！」

【注釋】①刺史：官名，掌管一州的監察。②引愆：自承過失。③重違：難以違背。重，難。④守：請求。⑤耀師：帶領軍隊示威。⑥馘斬：斬殺。馘，割下耳朵。⑦元惡：大惡之人。指魏明帝曹睿。梟：把頭懸挂在木樁上示衆，這裏是誅殺的意思。

【譯文】冬季，諸葛亮又從散關出兵，包圍了陳倉，曹眞抵擋他，諸葛亮因糧食用完而退兵。魏將王雙率領騎兵追趕諸葛亮，諸葛亮和王雙交戰，殺死了王雙。

建興七年（公元二二九年），諸葛亮派陳式去攻打武都和陰平。魏雍州刺史郭淮率領軍隊準備攻打陳式，諸葛亮親自出兵打到建威，郭淮退了回去，蜀國平定了武都、陰平二郡。後主下詔書策封諸葛亮說：「街亭一仗的過失在馬謖，而您把責任歸于自己，深刻地自責，降低自己的官職。我不願違背您的意願，答應了您的要求，降職爲代理丞相。去年您指揮軍隊，殺死了王雙。今年去征討魏國，郭淮敗逃。您招降了氐族、羌族百姓，收復了武都、陰平二郡。您的威嚴震懾了凶惡的暴徒，功勛顯赫。現在天下戰亂不定，首惡還沒有被處死。您承受重大的責任，肩負國家的重擔，卻長期自己壓抑自己，這不利于發揚光大宏偉的統一功業。現在恢復您丞相的官職，請您不要推辭。」

建興九年（公元二三一年），諸葛亮再次從祁山出擊，用木牛運糧，因爲糧食吃光而退兵，與魏將張郃交戰，射死了張郃。

建興十二年（公元二三四年）春季，諸葛亮出動全部軍隊從斜谷進軍，用流馬運糧，占領了武功的五丈原，和司馬懿在渭南相對壘。諸葛亮經常擔心糧食不能及時供應，使得自己的志向不能實現，因此分派一部分軍隊屯田，作爲長久駐守的基礎。耕田的士兵分散雜住在渭水邊上的居民中，百姓們仍能安居樂業，士兵也沒有私自去謀利的。雙方相對峙了一百多天。這一年的八月，諸葛亮患病，在軍營中去世，時年才五十四歲。到蜀軍退走後，司馬懿去巡視蜀軍原來的營壘和住所，感嘆道：「諸葛亮眞是天下的奇才啊！」

原文

亮遺命葬漢中定軍山，因山爲墳，冢足容棺①，斂以時服②，不須器物。詔策曰：「惟君體資文武③，明睿篤誠④，受遺托孤⑤，匡輔朕躬⑥，繼絕興微，志存靖亂⑦；爰整六師，無歲不征，神武赫然，威鎮八荒，將建殊功于季漢，參伊、周之巨勛。如何不吊，事臨垂克，遘疾隕喪！朕用傷悼，肝心若裂。夫崇德序功，紀行命謚，所以光昭將來，刊載不朽。今使使持節左中郎杜瓊，贈君丞相武鄉侯印綬，謚君爲忠武侯。魂而有靈，嘉茲寵榮。嗚呼哀哉！嗚呼哀哉！」

初，亮自表後主曰：「成都有桑八百株，薄田十五頃，子弟衣食，自有餘饒。至于臣在外任，無別調度，隨身衣食，悉仰于官，不別治生，以長尺寸。若臣死之日，不使內有餘帛，外有贏財，以負陛下。」及卒，如其所言。

殞大星漢丞相歸天

建興十二年春，諸葛亮最後一次北伐，和司馬懿在渭南相對壘，兩軍僵持不下。八月，諸葛亮患病，在軍營中去世，時年五十四歲。將士遵其遺命葬于漢中定軍山，因山爲墳。

注釋

①冢：墳墓。②斂：給屍體穿上衣服下棺材。時服：合乎當時時令的衣服。③體資：天資。文武：文才武略方面都很出色。④明睿篤誠：非常智慧，忠貞誠信。⑤托孤：接受遺孤。⑥匡：輔助。⑦靖：平定。

譯文

諸葛亮遺囑中命令把他葬在漢中的定軍山，就着山勢建墳墓，墓穴可以容下棺材就足夠了，用日常穿的衣服收斂他，不要其他的器物。後主下詔書說：「您具有文武兼備的才能，聰明睿智，忠厚誠懇，接受先帝托孤的遺命，輔佐和指正我，繼承了滅絕的帝室，振興衰微的國家。您的心中總想着討平暴亂，整頓軍隊，沒有一年不去出征。您天神一樣的武功十分顯赫，威嚴震懾四面八方，將要爲漢代子孫建立偉大的功績，可以與伊尹、周公的巨大功勛相媲美。爲什麼上天不發慈悲，在事業接近成功的時候，卻讓您患病去世！我因此悲傷哀悼，心肝都要破裂了。要崇尚您的德行，評定您的功勛，記錄您的行爲，確定您的謚號，用來向後代昭示您的光輝業績，把它銘刻下來，永不磨滅。現在派左中郎將杜瓊去贈給您丞相武鄉侯的印章與綬帶，給您的謚號爲忠武侯。您的魂靈如果有知，也會爲這種恩寵和榮耀而欣慰的。唉呀，眞悲傷啊！唉呀，眞悲傷啊！」

早年，諸葛亮曾給後主上奏章說：「我在成都有八百棵桑樹、十五頃薄田。我的親戚和子孫們需要的衣食，可以靠它們保障，還有些富餘。至于我在外面任職，沒有別的花銷，自己的吃穿，都靠官府供給，不再經營別的產業，來增加一些家財。到了我死的那一天，不會讓家中有多餘的布帛，也不讓家人在外面有多餘的錢財，以免辜負陛下的重托。」到了諸葛亮死時，家中財產就和他講的一樣。

**原文**

亮性長于巧思，損益連弩①，木牛流馬，皆出其意；推演兵法，作八陳圖，咸得其要云。亮言教書奏多可觀②，別爲一集。景耀六年春，詔爲亮立廟于沔陽。秋，魏鎮西將軍鍾會征蜀，至漢川，祭亮之廟，令軍士不得于亮墓所左右芻牧樵采③。亮弟均，官至長水校尉。亮子瞻，嗣爵④。

諸葛氏集目錄：開府作牧第一、權制第二、南征第三、北出第四、計算第五、訓厲第六、綜核上第七、綜核下第八、雜言上第九、雜言下第十、貴和第十一、兵要第十二、傳運第十三、與孫權書第十四、與諸葛瑾書第十五、與孟達書第十六、廢李平第十七、法檢上第十八、法檢下第十九、科令上第二十、科令下第二十一、軍令上第二十二、軍令中第二十三、軍令下第二十四。右二十四篇，凡十萬四千一百一十二字。

臣壽等言⑤：臣前在著作郎，侍中領中書監濟北侯臣荀勖、中書令關內侯臣和嶠奏，使臣定故蜀丞相諸葛亮故事⑥。亮毗佐危國⑦，負阻不賓，然猶存錄其言，恥善有遺，誠是大晉光明至德，澤被無疆，自古以來，未之有倫也。輒刪除複重，隨類相從，凡爲二十四篇，篇名如右。

**注釋**

①損益：改革。連弩：裝有機栝，可以連接發射箭的弓。②言教：言論教誨。③芻：割草。牧：放牧。樵：砍柴。采：采摘。④嗣爵：繼承爵位。⑤臣壽：指代陳壽自己。⑥故事：

過去的事情。⑦毗佐：輔佐。

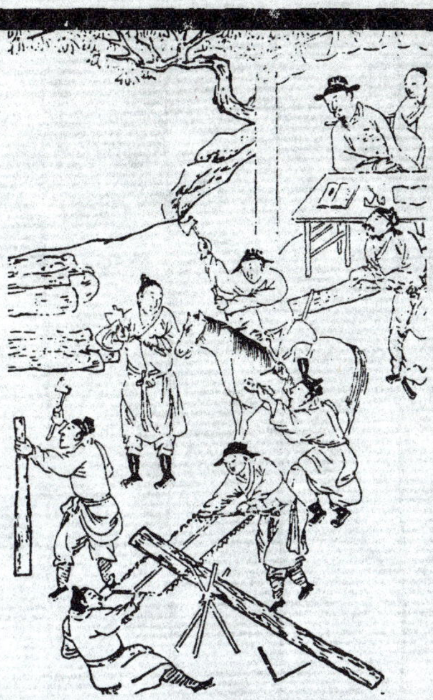

**孔明造木牛流馬**

諸葛亮擅長發明，爲戰事的方便，諸葛亮曾發明木牛流馬，用其在崎嶇的棧道上運送軍糧，此工具被後世稱爲「人不大勞，牛不飲食」。但可惜其製作原理和工藝均已失傳。

譯文

諸葛亮的天性擅長發明，有很多巧妙的思想。能連續發射的弩箭、木牛流馬，都出自他的設計。他推算演練兵法，加以發展，創出八陣圖，都深得其中的要領。諸葛亮的言論、教令、書信、奏章中，很多都值得觀看，這些被另外編成一集。景耀六年（公元二六三年）春天，劉禪下詔書爲諸葛亮在沔陽建立祠廟。秋天，魏國鎮西將軍鍾會征伐蜀國，到了漢川，去祭祀諸葛亮的祠廟，命令軍隊士兵們不許在諸葛亮墓地周圍打柴、放牧。諸葛亮的弟弟諸葛均，做到長水校尉的官職。諸葛亮的兒子諸葛瞻繼承了他的爵位。

《諸葛亮集》目錄：開府作牧第一、權制第二、南征第三、北出第四、計算第五、訓厲第六、綜核上第七、綜核下第八、雜言上第九、雜言下第十、貴和第十一、兵要第十二、傳運第十三、與孫權書第十四、與諸葛瑾書第十五、與孟達書第十六、廢李平第十七、法檢上第十八、法檢下第十九、科令上第二十、科令下第二十一、軍令上第二十二、軍令中第二十三、軍令下第二十四。以上二十四篇，一共十萬四千一百一十二字。



臣子陳壽等人奏言：我在以前任著作郎的時候，侍中領中書監濟北侯荀勖、中書令關內侯和嶠上奏，委派我整理已故的蜀國丞相諸葛亮的事跡。諸葛亮輔佐處于危境的蜀國，憑借險阻，不向魏國稱臣。但是現在當朝仍然保存了他的言論，把遺漏有益的記載當作羞恥，這確實是表明大晉王朝有至高的德行，光明正大，恩澤普及天下，自古以來，沒有一個朝代可以與之相比。我就删掉重複的內容，把相同類型的文章排在一起，一共編成二十四篇，篇名如上所述。

原文

**亮少有逸羣之才①，英霸之器②，身長八尺，容貌甚偉，時人異焉③。遭漢末擾亂，隨叔父玄避難荆州，躬耕于野，不求聞達。時左將軍劉備以亮有殊量④，乃三顧亮于草廬之中；亮深謂備雄姿傑出，遂解帶寫誠⑤，**

厚相結納。及魏武帝南征荆州，劉琮舉州委質⑥，而備失勢衆寡，無立錐之地。

亮時年二十七，乃建奇策⑦，身使孫權，求援吳會。權既宿服仰備，又睹亮奇雅，甚敬重之，即遣兵三萬人以助備。備得用與武帝交戰，大破其軍，乘勝克捷，江南悉平。後備又西取益州。益州既定，以亮爲軍師將軍。備稱尊號，拜亮爲丞相，錄尚書事。及備殂沒，嗣子幼弱，事無巨細，亮皆專之。于是外連東吳，內平南越，立法施度，整理戎旅，工械技巧，物究其極，科教嚴明，賞罰必信，無惡不懲，無善不顯，至于吏不容奸，人懷自厲，道不拾遺，强不侵弱，風化肅然也。

注釋

①逸羣：超羣。②英霸：英雄宏偉。器：氣量，度量。③異：驚奇。④殊量：特殊的膽識，才能。⑤解帶寫誠：以誠信相待。解帶，比喻敞開胸懷。寫，傾瀉。⑥舉州：帶領全州。⑦建：拿出，獻出。

**諸葛亮像**

諸葛孔明，名亮，字孔明，號卧龍，琅邪陽都人，陳壽稱其「容貌甚偉，時人異焉」，蜀漢傑出的丞相，謚曰忠武侯。

譯文

諸葛亮年幼時就有出衆的才華和豪邁的英雄氣魄。他身高八尺，相貌不凡，當時的人們都看出他不尋常。正遇上漢代末年動亂不安，諸葛亮隨叔叔諸葛玄到荆州去避難，自己在田地中耕種，不追求做官揚名。當時左將軍劉備認爲諸葛亮有特殊的才能，就三次到草房中去訪問諸葛亮；諸葛亮也深深感到劉備有傑出的英雄氣勢，就坦誠地向他傾吐心聲，兩個人結成了深厚的友誼。到曹操南征荆州時，劉琮獻出全州投降，劉備失勢，兵力弱小，沒有一點兒土地。

諸葛亮當時才二十七歲，就獻上奇計，親自出使孫權那裏，向吳國求援。孫權以前就佩服尊敬劉備，又看到諸葛亮的奇才和高雅風度，非常敬重他，就派出三萬士兵援助劉備。劉備得以和曹操交戰，把曹軍打得大敗。又乘勝連續進攻，取得勝利，把長江以南全部平定。以後劉備又向西攻取了益州。平定益州之後，劉備任命諸葛亮做軍師將軍。劉備稱皇帝以後，拜諸葛亮爲丞相，管理尚書事務。到了劉備去世後，繼位的皇子年紀幼小，不論大小事務，都由諸葛亮決定。于是在外面和東吳聯盟，在國内平定南越，確定法律制度，整頓軍隊，各種軍用器械的製作技術都達到極度精巧的程度，法規號令嚴明，賞罰一定兌現，沒有一個惡人不被懲處，沒有一件好事不受到表彰，官吏中不容許有營私舞弊存在，每個人都自己奮發努力，道路上丟失了東西沒有人拾，強壯的人不欺侮弱小，社會風氣安定而有秩序。

原文

當此之時，亮之素志，進欲龍驤虎視①，苞括四海②，退欲跨陵邊疆③，震蕩宇內。又自以爲無身之日④，則未有能蹈涉中原、抗衡上國者，是以用兵不戢⑤，屢耀其武。然亮才，于治戎爲長，奇謀爲短；理民之幹，優于將略。而所與對敵，或值人傑，加衆寡不侔，攻守異體，故雖連年動衆，未能有克。昔蕭何薦韓信，管仲舉王子城父，皆忖己之長，未能兼有故也。亮之器能政理⑥，抑亦管、蕭之亞匹也⑦，而時之名將無城父、韓信，故使功業陵遲，大義不及邪？蓋天命有歸，不可以智力爭也。

青龍二年春，亮帥衆出武功，分兵屯田，爲久駐之基。其秋病卒，黎庶追思，以爲口實。至今梁、益之民，咨述亮者，言猶在耳，雖《甘棠》之詠召公，鄭人之歌子產，無以遠譬也。孟軻有云：「以逸道使民，雖勞不怨；以生道殺人，雖死不忿。」信矣！論者或怪亮文彩不艷，而過于丁寧周至。

臣愚以爲咎繇大賢也，周公聖人也，考之《尚書》，咎繇之謨略而雅，周公之誥煩而悉。何則？咎繇與舜、禹共談，周公與羣下矢誓故也。亮所與言，盡衆人凡士，故其文指不得及遠也。然其聲教遺言，皆經事綜物，公誠之心，形于文墨，足以知其人之意理，而有補于當世。

注釋

①龍驤虎視：是說志氣高遠，顧盼自雄。②苞：同包，包含，包括。③跨陵：跨越。④無身之日：也就是說死了的時候。⑤用兵不戢：不收斂停止。⑥政理：治理政治。⑦亞

四：同類人物。

【譯文】在這時，諸葛亮的夙願是：進要像蛟龍奔馳、猛虎環視一樣統一全國；退也要跨越邊境進攻，使天下震動不安。他又認爲自己死去以後，蜀國就沒有能踏進中原、與魏國相抗衡的人了，因此不斷用兵，多次顯示他的武力。然而諸葛亮在治理軍隊上擅長，但出奇制勝就顯然有所不足；他治理國家民衆的才幹，比他指揮作戰的本領更強。而與他爲敵的對手，有些正是傑出的人才，加上衆寡不敵，進攻和防守的優劣不同，所以雖然他連年出兵進攻，卻沒有取勝。過去蕭何推薦韓信，管仲推舉王子城父，全都是由于揣度了自己的特長，覺得自己不能同時兼有各方面才能的原因。諸葛亮的才能和治理國家的本領，和管仲、蕭何他們相同，但當時蜀國卻沒有王子城父、韓信那樣的名將，所以使得他的功業受挫，沒有能達到最終目的。這可能是天命注定的，不是靠人的智慧和力量去爭奪到的。

魏青龍二年（公元二三四年）春天，諸葛亮率領軍隊從武功出擊，分出一部分士兵屯田，作爲長期駐扎的基地。當年秋天因病去世，百姓們懷念他，傳頌他的事跡。直到現在，梁州、益州的人民還在稱贊諸葛亮；講述諸葛亮事跡的言語，還在耳邊回響。就是以古人用《甘棠》稱頌召公、鄭國人歌頌子產這樣的例子來比喻，也無法比擬人們對諸葛亮的懷念。孟軻有句話是：「爲了讓人民安樂的目的去使用人民，人民即使勞累也不埋怨；爲了讓人民生存的目的去作戰殺人，即使死了人民也不會怨恨。」這話眞正確啊！議論的人們有時責怪諸葛亮的文辭不夠華麗，卻過于細致周密。

我的愚見是：咎繇是大賢人，周公是聖人，考察一下《尚書》，《咎繇謨》的文辭簡略又典雅，《周公之誥》的文辭繁瑣又詳細。爲什麼呢？是因爲咎繇是和舜、禹談話，周公是和部下們共同約定誓言的原因。諸葛亮講話的對象都是平凡的士人和民衆，所以他的文章意旨不能達到深遠奧妙的地步。然而他的教令和留下的言論，全都是他經歷的事件和綜合總結出的經驗，公正誠實的心情在文辭中全表現了出來，足可以從中了解諸葛亮的思想品質，對當代有所裨益。

**原文** 伏惟陛下邁蹤古聖①，蕩然無忌②，故雖敵國誹謗之言，咸肆其辭而無所革諱③，所以明大通之道也。謹錄寫上詣著作。臣壽誠惶誠恐，頓首頓首④，死罪死罪。泰始十年二月一日癸巳，平陽侯相臣陳壽上。

喬字伯松，亮兄瑾之第二子也，本字仲慎。與兄元遜俱有名于時，論者以爲喬才不及兄，而性業過之。初，亮未有子，求喬爲嗣，瑾啓孫權遣喬來西，亮以喬爲己適子，故易其字焉。拜爲駙馬都尉，隨亮至漢中。年二十五，建興六年卒。子攀，官至行護軍翊武將軍，亦早卒。諸葛恪見誅于吳，子孫皆盡，而亮自有胄裔，故攀還復爲瑾後。

**注釋** ①伏惟：下級對上級的敬辭。邁蹤古聖：跟蹤古聖的足跡。②蕩然無忌：爲人坦坦蕩蕩沒有任何顧忌。③革諱：修改和隱晦。④頓首頓首：古代常常用頓首來指代謝罪。

**譯文** 因爲陛下效法古代的聖主，胸懷坦蕩，無所顧忌，所以即使是敵對國家誹謗的語言，我也全部保留下來，沒有避諱和改動，以此表明寬通的道理。謹抄錄了諸葛亮的著作送上。臣陳壽誠惶誠恐，向陛下叩頭再叩頭，死罪死罪。泰始十年（公元二七四年）二月一日癸巳，平陽侯相臣陳壽上。

諸葛喬，字伯松，是諸葛亮的哥哥諸葛瑾的第二個兒子，本來的表字是仲慎。他和哥哥諸葛元遜（恪）都在當時很有名氣。議論的人認爲諸葛喬的才能不如他哥哥，而性情和爲人都超過了他哥哥。當初，諸葛亮沒有兒子，要求諸葛喬過繼給他，諸葛瑾稟告孫權後，送諸葛喬到西蜀來。諸葛亮把諸葛喬作爲自己的嫡長子，所以把他的字改成伯松。諸葛喬被拜爲駙馬都尉，隨着諸葛亮到漢中。他在建興六年（公元二二八年）去世，年僅二十五歲。諸葛喬的兒子諸葛攀，官做到行護軍翊武將軍，也很早去世。諸葛恪在吳國被誅殺，子孫都被殺光了，而諸葛亮自己也有了後代，所以諸葛攀又重新回去成爲諸葛瑾的後代。

**原文** 瞻字思遠。建興十二年，亮出武功，與兄瑾書曰：「瞻今已八歲，聰慧可愛，嫌其早成①，恐不爲重器耳②。」

年十七，尚公主③，拜騎都尉。其明年爲羽林中郎將，屢遷射聲校尉、

諸葛瞻

景耀六年（公元二六三年）冬天，魏國征西將軍鄧艾攻打蜀國，諸葛亮之子諸葛瞻統領各軍與鄧艾交戰，此時，諸葛瞻處于劣勢，其先頭部隊被魏軍打敗，他衹好退軍駐守綿竹。此時，鄧艾又遣使送信給他，勸降說：「若降者必表爲琅邪王。」諸葛瞻看信件後大怒，斬了鄧艾來者，率兵迎戰魏軍，戰敗，死于沙場。終年三十七歲。

**侍中、尚書僕射，加軍師將軍。瞻工書畫，強識念④，蜀人追思亮，咸愛其才敏。每朝廷有一善政佳事⑤，雖非瞻所建倡，百姓皆傳相告曰：「葛侯之所爲也。」是以美聲溢譽，有過其實。**

**景耀四年，爲行都護衛將軍，與輔國大將軍南鄉侯董厥並平尚書事。六年冬，魏征西將軍鄧艾伐蜀，自陰平由景谷道旁入。瞻督諸軍至涪停住，前鋒破，退還，住綿竹。艾遣書誘瞻曰：「若降者必表爲琅邪王。」瞻怒，斬艾使。遂戰，大敗，臨陳死，時年三十七。衆皆離散，艾長驅至成都。瞻長子**





**尚，與瞻俱沒。次子京及攀子顯等，咸熙元年內移河東。**

注釋　①早成：成熟得早。②重器：大器，能勝任大事的人。③尚公主：娶了帝王的女兒做妻子。④强識念：記憶能力强，又刻苦用心。⑤善政佳事：好的朝廷政策和好的事情。

譯文　諸葛瞻，字思遠。建興十二年（公元二三四年），諸葛亮從武功出兵，給哥哥諸葛瑾寫信說：「諸葛瞻現在已經八歲了，聰明可愛，但我擔心他過早成熟，恐怕不會成爲國家的棟梁之才。」

諸葛瞻十七歲時，娶了公主，被任命爲騎都尉。第二年被任命爲羽林中郎將，歷任射聲校尉、侍中、尚書僕射，加封軍師將軍。諸葛瞻工于書畫，博識強記。蜀國人懷念諸葛亮，全都喜愛他的才華和聰敏。每當朝廷有了一件好的政策，辦了好事，即使不是諸葛瞻所提倡的，百姓們也都傳說：「這是諸葛侯爺所做的。」因此諸葛瞻得到的美好名聲和過分贊譽，有些言過其實。

景耀四年（公元二六一年），諸葛瞻任行都護衛將軍，和輔國大將軍南鄉侯董厥一起處理尚書事務。

景耀六年（公元二六三年）冬天，魏國征西將軍鄧艾攻打蜀國，從陰平經過景谷道旁邊進入蜀地。諸葛瞻統領各軍到涪縣停住，前鋒部隊被打敗，退回來駐守綿竹。鄧艾派人送信誘惑諸葛瞻說：「如果

案晉《百官表》：「董厥字龔襲，亦義陽人。建字長元。」

諸葛瞻大戰鄧艾

您投降，我一定上表封您做琅琊王。」諸葛瞻大怒，殺死了鄧艾的信使。諸葛瞻就和鄧艾交戰，大敗，在戰場上戰死，當時他衹有三十七歲。蜀軍士兵全逃散了，鄧艾長驅直入，到達成都。諸葛瞻的長子諸葛尚和諸葛瞻一起戰死。他的二兒子諸葛京和諸葛攀的兒子諸葛顯等人，都在咸熙元年（公元二六四年）遷移到了河東。

原文

董厥者，丞相亮時爲府令史，亮稱之曰：「董令史，良士也。吾每與之言，思慎宜適①。」徙爲主簿。亮卒後，稍遷至尚書僕射，代陳祗爲尚書令，遷大將軍②，平臺事③，而義陽樊建代焉。

延熙十四年，以校尉使吳④，值孫權病



篤，不自見建。權問諸葛恪曰：「樊建何如宗預也⑤？」恪對曰：「才識不及預，而雅性過之。」後爲侍中，守尚書令⑥。自瞻、厥、建統事，姜維常征伐在外，宦人黃皓竊弄機柄，咸共將護，無能匡矯，然建特不與皓和好往來。蜀破之明年春，厥、建俱詣京都，同爲相國參軍，其秋並兼散騎常侍，使蜀慰勞。

評曰：諸葛亮之爲相國也，撫百姓，示儀軌⑦，約官職⑧，從權制⑨，開誠心，布公道⑩；盡忠益時者雖仇必賞，犯法怠慢者雖親必罰，服罪輸情者雖重必釋⑪，游辭巧飾者雖輕必戮；善無微而不賞，惡無纖而不貶；庶事精練，物理其本，循名責實，虛僞不齒。終于邦域之內，咸畏而愛之，刑政雖峻而無怨者，以其用心平而勸戒明也。可謂識治之良才，管、蕭之亞匹矣。然連年動衆，未能成功，蓋應變將略，非其所長歟！

注釋

①令史：丞相府屬吏，分掌衆事。思慎宜適：思慮謹慎而且恰當。②遷：升官，

提升。③平臺事：東漢以來，政權都歸尚書管，尚書令的權力越來越大，逐漸成爲中央的最高行政長官。④校尉：漢朝僅次于將軍的武官職位。⑤宗豫：人名。⑥守：古代的官階低但是所任的職務高，叫守，也就是代理。⑦儀軌：禮儀，法度。⑧約官職：減少官職。⑨從：依從。權制：合乎時宜的制度。⑩布：展示。⑪輸情：表達真情。

譯文

董厥，在丞相諸葛亮在世時做丞相府的令史。諸葛亮稱贊他說：「董令史是優秀的人才。我每次和他談話，都感到他考慮問題慎重適宜。」把他升爲主簿。諸葛亮去世後，董厥逐漸升到尚書僕射，代替陳祗做尚書令，升任大將軍，處理尚書臺的事務，後來由義陽人樊建代替他做尚書令。

延熙十四年（公元二五一年），樊建以校尉的身份出使吳國，正遇上孫權病重，不能親自接見樊建，孫權問諸葛恪：「樊建比起宗豫來怎麼樣？」諸葛恪回答說：「樊建的才能見識不如宗豫，但是高雅的性情要超過他。」後來樊建任侍中、代理尚書令。自從諸葛瞻、董厥、樊建統管政事以來，姜維經常在外地征伐作戰，宦官黄皓暗中玩弄權術，諸葛瞻等人全維護黄皓，沒有人能糾正他，然而衹有樊建不和黄皓往來交好。蜀國被占領後的第二年春天，董厥、樊建全都到了京城拜見魏帝，兩個人都被任命爲相國參軍，當年秋天一同兼任散騎常侍，出使蜀郡去慰勞百姓。

評論說：諸葛亮作爲丞相，安撫百姓，宣布儀範規矩，限定官員的職權，依從臨時合宜的制度，袒露誠心，推行公道。對盡忠並有益于時代的人，即使是仇敵也一定給以獎賞；對違犯法令，怠慢官府的人，即使是親戚也一定處罰。認罪並供出實情的犯人，即使是重罪也會寬釋；供詞猶豫不定，巧言掩飾的犯人，即使是輕罪也一定處死。對做了好事的人，沒有因爲事情微小而不獎賞的；對做惡的人，沒有因爲壞事纖細而不貶斥的。諸葛亮對各項日常事務都精通，能抓住事物的根本，根據人的名聲去核查他的實質，對虛僞的人不屑一顧。在蜀國國境之內，人民都敬畏他又熱愛他，他施行的刑法政令雖然嚴峻，

**諸葛亮**

建興元年（公元二二三年）四月，諸葛亮領蜀相一職，受托孤之任。他安撫百姓，袒露誠心，推行公道，賞罰分明，人民既敬畏又熱愛他，後世因此將他與管仲、蕭何相提並論。

卻沒有人怨恨他，是因爲他能夠心地公平而且明確地告誡大家。諸葛亮可以說是懂得如何治理國家的傑出人才，可以與管仲、蕭何相提並論。然而他連年興師動衆出兵作戰，卻沒有能取得成功，大概是因爲隨機應變的機智與指揮戰爭的謀略等方面，不是他所擅長的緣故吧！

## 關張馬黃趙傳

原文　關羽字雲長，本字長生，河東解人也。亡命奔涿郡。先主于鄉里合徒衆，而羽與張飛爲之禦侮。先主爲平原相，以羽、飛爲別部司馬，分統部曲①。先主與二人寢則同床，恩若兄弟。而稠人廣坐，侍立終日②，隨先主周旋③，不避艱險。先主之襲殺徐州刺史車胄，使羽守下邳城，行太守事，而身還小沛。

《蜀記》曰：「曹公與劉備圍呂布于下邳，關羽啓公，布使乞娶其妻，公許之。」

《魏書》云：「以羽領徐州。」此與魏氏春秋所說無異也。」

臣松之以爲曹公知羽不留而心嘉其志，去不遣追以成其義，斯實曹公之休美。

注釋　①部曲：私人招募的武裝。②侍立：在尊長身側陪立。③周旋：交接應酬。

譯文　關羽字雲長，本字是長生，是河東解人。曾經逃跑到了涿郡。這時候，劉備正在鄉里聚集兵馬，有關羽和張飛替他效力，抵禦侵侮。劉備當了平原相，讓關羽、張飛做別部司馬，分別統領部分軍隊。劉備和他們兩人睡覺一床睡，他們的恩情就像親兄弟一樣。廳中人很多的場合下，他們兩個整天侍立在劉備身邊，跟隨着劉備應酬，不躲避艱險。劉備襲擊、殺害了徐州刺史車胄，他命令關羽鎮守下邳城，代理太守的職務，他自己回到了小沛。

宴桃園豪傑三結義

原文　建安五年，曹公東征，先主奔袁紹。曹公禽羽以歸①，拜爲偏將軍，禮之甚厚。紹遣大將顏良攻東郡太守劉延于白馬，曹公使張遼及羽爲先鋒擊之。羽望見良麾蓋②，策馬刺良于萬衆之中，斬其首還，紹諸將莫能當者③，遂解白馬圍。曹公即表封羽爲漢

劉備自領益州牧

壽亭侯。初，曹公壯羽爲人，而察其心神無久留之意，謂張遼曰：「卿試以情問之。」既而遼以問羽，羽嘆曰：「吾極知曹公待我厚，然吾受劉將軍厚恩，誓以共死，不可背之。吾終不留，吾要當立效以報曹公乃去。」遼以羽言報曹公，曹公義之。及羽殺顏良，曹公知其必去，重加賞賜。羽盡封其所賜，拜書告辭，而奔先主于袁軍。左右欲追之，曹公曰：「彼各爲其主，勿追也。」

注釋 ①禽：通「擒」。②麾蓋：旗幟和車蓋。③當：抵擋。

譯文 建安五年（公元二〇〇年），曹公向東征發，劉備投奔到袁紹門下。曹操捉拿到了關羽回師，授予他偏將軍的官職，對他非常客氣。袁紹派大將顏良在白馬攻打東郡的太守劉延，曹操派張遼和關羽作爲先鋒去攻打他們。關羽遠遠地就看到了顏良的戰旗和車蓋，于是打馬前進，在千軍萬馬之中殺死顏良，獲得他的首級回來了，袁紹的所有將領沒有能阻擋他的，于是白馬之圍就被解了。曹操立即上表封關羽爲漢壽亭侯。當初，曹操很欣賞關羽的爲人，但是他看出關羽不想久留在曹操的身旁，就對張遼說：「你以私人的感情去幫我試試他。」不久張遼私下裏詢問關羽，關羽嘆息道：「我非常明白曹公對我深厚的情誼，但是我還受到過劉將軍的知遇之恩，我發誓要和他生死一起，是不可以違背的。我還是不能留下啊，我一定立下功勞報答了曹公才會離開的。」張遼把關羽的話報告給了曹公，曹公認爲他是義士。等到關羽殺了顏良，曹公知道他一定會離開的，于是大大賞賜他。關羽把曹操所賜的東西都封存了起來，呈上書信告辭了，向袁紹的軍中投奔劉備去了。曹操身邊的人想追他，曹公說：「每個人都是爲了自己的主人，不要追了。」

原文 從先主就劉表。表卒，曹公定荊州，先主自樊將南渡江，別遣羽乘船數百艘會江陵。曹公追至當陽長阪，先主斜趣漢津，適與羽船相值，

臣松之以爲備後與董承等結謀，但事泄不克諧耳，若爲國家惜曹公，其如此言何！

《蜀記》曰：「羽與晃宿相愛，遥共語，但説平生，不及軍事。」

共至夏口。孫權遣兵佐先主拒曹公，曹公引軍退歸。先主收江南諸郡，乃封拜元勛，以羽爲襄陽太守、蕩寇將軍，駐江北。先主西定益州，拜羽董督荆州事。羽聞馬超來降，舊非故人①，羽書與諸葛亮，問超人才可誰比類②。亮知羽護前③，乃答之曰：「孟起兼資文武，雄烈過人，一世之傑，黥、彭之徒，當與益德並驅爭先，猶未及髯之絶倫逸羣也。」羽美須髯，故亮謂之髯。羽省書大悦，以示賓客。

注釋　①故人：舊友。②比類：相比。③護前：護短。

譯文　關羽跟從劉備歸附了劉表。劉表死了，曹操平定了荆州，劉備從樊城出發打算向南渡江，另外派關羽帶領船隻數百艘在江陵相會。曹操追到當陽長阪，劉備抄小路快速到達漢津，正好和關羽的船相遇，共同到了夏口。孫權派兵輔佐劉備抵抗曹操，曹操帶領軍隊撤退回到駐地。劉備收復了江南的各個郡，于是賞賜、加封有大功的人，任命關羽擔任襄陽太守、蕩寇將軍，駐守江北。劉備向西平定了益州，于是授予關羽擔任董督荆州的職務。關羽聽説馬超要來歸降，他又不是關羽的老朋友，于是關羽給諸葛亮寫信詢問，他問馬超的才能和誰相比。諸葛亮知道關羽好強護短，于是答復他説：「孟起這個人能文善武，他的勇猛超過了一般人，是一代的人才，是和黥布、彭越一類人，馬超這個人可以和益德爭個高下，但是還不如你美髯公那麼超出衆人。」關羽的胡須很好看，諸葛亮稱他爲美髯公。關羽看了回信非常高興，把信給賓客看。

原文　羽嘗爲流矢所中，貫其左臂，後創雖愈①，每至陰雨，骨常疼痛，醫曰：「矢鏃有毒，毒入于骨，當破臂作創，刮骨去毒，然後此患乃除耳。」羽便伸臂令醫劈之。時羽適請諸將飲食相對，臂血流離②，盈于盤器，而羽割炙引酒，言笑自若。

二十四年，先主爲漢中王，拜羽爲前將軍，假節鉞。是歲，羽率衆攻曹仁于樊。曹公遣于禁助仁。秋，大霖雨，漢水泛溢，禁所督七軍皆沒。禁降羽，羽又斬將軍龐德。梁、郟、陸渾羣盜或遙受羽印號，爲之支黨，羽威震華夏。曹公議徙許都以避其鋭③，司馬宣王、蔣濟以爲關羽得志，

《蜀記》曰：「龐德子會，隨鍾、鄧伐蜀，蜀破，盡滅關氏家。」

**關雲長刮骨療毒**

關羽曾經被流箭射中，箭穿透了他的左臂，天長日久，毒已經滲入到骨頭裏，衹有割開手臂，刮去骨頭上的餘毒，病痛才能消除。關羽在醫生開刀刮骨之際，還與將士喝酒聊天，談笑風生，足見其英雄氣概。

孫權必不願也。可遣人勸權躡其後，許割江南以封權，則樊圍自解。曹公從之。先是，權遣使爲子索羽女，羽罵辱其使，不許婚，權大怒。又南郡太守麋芳在江陵，將軍士仁屯公安，素皆嫌羽輕己。自羽之出軍，芳、仁供給軍資，不悉相救。羽言「還當治之」，芳、仁咸懷懼不安。于是權陰誘芳、仁，芳、仁使人迎權。而曹公遣徐晃救曹仁，羽不能克，引軍退還。權已據江陵，盡虜羽士衆妻子，羽軍遂散。權遣將逆擊羽，斬羽及子平于臨沮。

追謚羽曰壯繆侯。子興嗣。興字安國，




少有令問④，丞相諸葛亮深器異之。弱冠爲侍中、中監軍，數歲卒。子統嗣，尚公主，官至虎賁中郎將。卒，無子，以興庶子彝續封⑤。

注釋

①創：創傷、傷口。②流離：淋漓，往下滴的樣子。③鋭：鋒鋭。④令問：好名聲。⑤庶子：妾所生的兒子。

譯文

關羽曾經被流箭射中了，箭穿透了他的左臂，後來箭傷雖然愈合了，但是每到陰雨天，他的骨頭就十分疼痛，醫生說：「箭頭上有毒，而且那毒已經滲入到骨頭裏了，應該割開手臂到受傷的地方，刮去骨頭上的餘毒，然後這種病痛才能消除。」關羽于是伸出手臂讓醫生開刀。當時關羽恰好請了將領們一起喝酒，手臂上的血一直往下流，居然流滿了一盤子，但是關羽卻能割着烤肉拿着酒杯，像往常一樣談笑。

建安二十四年（公元二一九年），劉備做了漢中王，授予關羽前將軍的官職，授予符節黃鉞。就是這一年，關羽帶領軍隊在樊城攻打曹仁。曹操派于禁幫助曹仁。這年秋天，大雨一直不停，漢水泛濫，于禁所帶領的七路人馬都被淹死了。于禁投降了關羽，關羽又斬了將軍龐德。梁縣、郟縣、陸渾等地方的各種強盜，有的在遠處接受了關羽的官印和稱號，成爲了他的支系黨羽，關羽于是在中原地區很有名聲了。曹操商量着遷到許都去來避開他的鋒芒，司馬宣王、蔣濟都認爲關羽現在很得志了，孫權一定很不願意。可以派人去勸說孫權偷襲關羽的後方，答應割江南這個地方封給孫權，那麼這樣就能解開樊城的圍困。曹操聽從了他的意見。開始的時候，孫權派使者向關羽請求娶他的女兒做孫權兒子的妻子，關羽大罵孫權的使者，不答應這門婚事，孫權非常氣憤。加上南郡太守麋芳在江陵，駐守在公安的將軍士仁，向來很憎恨關羽看不起自己。每次關羽出兵征戰，都是麋芳、士仁給他供給軍資，但不是全力援救。關羽說「回去就整治他們」，麋芳、士仁都非常害怕。于是孫權暗中誘惑麋芳、士仁，麋芳、士仁派人迎接孫權。並且曹操又派徐晃來援救曹仁，關羽不能攻下樊城，帶領軍隊回去了。孫權已經盤踞了江陵，俘虜了關羽的全部人馬和妻子兒女，關羽的軍隊于是潰敗了。孫權派將領迎擊關羽，在臨沮把關羽和他的兒子關平殺了。

劉備追封關羽的謚號爲壯繆侯。他的兒子關興繼承了父爵。關興字安國，很小的時候就有好的名聲，丞相諸葛亮非常器重賞識他。他二十歲的時候就做了侍中、中監軍，幾年後就去世了。關興的兒子關統繼承了父爵，娶了公主做妻子，官職到了虎賁中郎將。等他死的時候還沒有兒子，讓關興的庶子彝繼承了封賜。

《華陽國誌》曰：「顏拊心嘆曰：『此所謂獨坐窮山，放虎自衛也！』」

**張益德大鬧長阪橋**

劉備棄新野行陸路南逃，曹操派五千精騎兵追了一日一夜，在當陽橋上，張飛帶領二十騎拒後，飛斷橋，立于河邊，大叫：「身是張益德也，可來共決死？」以此拒敵而還。

原文

張飛字益德，涿郡人也，少與關羽俱事先主。羽年長數歲，飛兄事之。先主從曹公破呂布，隨還許，曹公拜飛爲中郎將。先主背曹公依袁紹、劉表。表卒，曹公入荆州，先主奔江南。曹公追之，一日一夜，及于當陽之長阪。先主聞曹公卒至①，棄妻子走，使飛將二十騎拒後。飛據水斷橋，瞋目橫矛曰：「身是張益德也，可來共決死！」敵皆無敢近者，故遂得免。

先主既定江南，以飛爲宜都太守、征虜

將軍，封新亭侯，後轉在南郡。

**先主入益州，還攻劉璋，飛與諸葛亮等泝流而上②，分定郡縣。至江州，破璋將巴郡太守嚴顏，生獲顏。飛呵顏曰：「大軍至，何以不降而敢拒戰？」顏答曰：「卿等無狀③，侵奪我州，我州但有斷頭將軍，無有降將軍也。」飛怒，令左右牽去斫頭④，顏色不變，曰：「斫頭便斫頭，何爲怒邪！」飛壯而釋之，引爲賓客。飛所過戰克，與先主會于成都。益州既平，賜諸葛亮、法正、飛及關羽金各五百斤，銀千斤，錢五千萬，錦千匹，其餘頒賜各有差，以飛領巴西太守。**

注釋 ①卒：通「猝」，倉促。②泝流：逆流。③無狀：無禮。④斫：砍。

譯文 張飛字益德，是涿郡人，他年青的時候就和關羽一起侍奉劉備。關羽比張飛大幾歲，張飛像對待兄長一樣對待他。劉備跟隨曹操打敗呂布，又跟隨他回到許昌，曹操授予張飛官職爲中郎將。後來，劉備背叛了曹操歸順了袁紹、劉表。等劉表死了，曹操進入荆州，劉備逃奔到了江南。曹



操一路追趕他，趕了一天一夜，一直到了當陽之長阪。劉備聽說曹操也來了，就撇下了妻子兒女逃跑了，命令張飛率二十多個騎兵爲他斷後。張飛據水斷橋，瞪大眼睛舉着長矛說：「我就是張益德，誰來決一死戰！」敵人沒有敢近前的，于是劉備等才有機會脫免了。

劉備平定江南以後，任命張飛擔任宜都太守、征虜將軍，又封他做新亭侯，後來又轉到了南郡。

劉備到達益州，後來又回師攻打劉璋，張飛和諸葛亮等沿着水流一路而上，分頭平定了郡縣。等到了江州，擊破劉璋的大將巴郡太守嚴顏，並且活捉了嚴顏。張飛責備嚴顏說：「大軍已經來了，你爲什麼不投降卻還抵抗呢？」嚴顏回答說：「是你們無禮，入侵並搶奪我們的州縣，我們的州縣裏衹有可以被砍下頭的將軍，沒有投降的將軍。」張飛非常憤怒，命令身邊的人把他拉出去砍頭，嚴顏臉上沒有害怕的表情，他說：「砍頭就砍頭，生氣幹什麼！」張飛很欣賞他就把他給放了，把他引爲自己的賓客。張飛所到的地方都被攻下了，在成都和劉備會合了。益州已經被平定，劉備于是賞賜諸葛亮、法正、張飛和關羽各人黃金五百斤，白銀一千斤，錢五千萬，錦帛上千匹，其餘人的賞賜都有差別，讓張飛擔任巴西太守。

猛張飛智取瓦口隘

原文　曹公破張魯，留夏侯淵、張郃守漢川。郃別督諸軍下巴西，欲徙其民于漢中，進軍宕渠、蒙頭、盪石，與飛相拒五十餘日。飛率精卒萬餘人，從他道邀郃軍交戰，山道迮狹①，前後不得相救，飛遂破郃。郃棄馬緣山，獨與麾下十餘人從間道退②，引軍還南鄭，巴土獲安。

先主爲漢中王，拜飛爲右將軍、假節。

章武元年，遷車騎將軍，領司隸校尉，進封西鄉侯，策曰：「朕承天序，嗣奉洪業，除殘靖亂③，未燭厥理④。今寇虜作害，民被荼毒，思漢之士，延頸鶴望。朕用怛然，坐不安席，食不甘味，整軍誥誓，將行天罰。以君忠毅，侔蹤召虎，名宣遐邇，故特顯命，高墉進爵，兼司于京。其誕將天威，柔服以德，伐叛以刑，稱朕意焉。《詩》不云乎，『匪疚匪棘，王國來極。肇敏戎功，用錫爾祉』。可不勉歟！」

注釋　①迮：狹窄。②間道：小道。③靖：平。④燭：明。厥：其。

譯文　曹操打敗張魯，留下夏侯淵、張郃鎮守漢川。張郃另外統率各路人馬南下巴西，打算把那裏的民衆遷到漢中，他于是向宕渠、蒙頭、蕩石進軍，和張飛相持了五十多天。張飛帶領上萬名士兵，從另外的路綫進軍尋找張郃的部隊交戰，這個地方的山道很狹窄，部隊的前面和後面不能相互營救，就被張飛的部隊打敗了。張郃放棄了馬沿着山爬行，僅僅和他部下的十幾個人從小路退出來了，率領部隊返還到南鄭，巴西地區才得到了安寧。

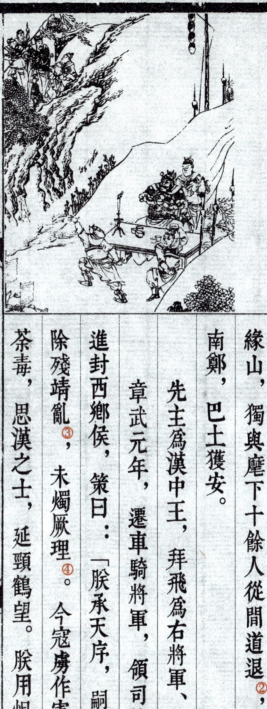

劉備爲漢中王時，授予張飛爲右將軍、給予符節。

章武元年，又升張飛做車騎將軍，兼任司隸校尉，進封爲西鄉侯，策書說：「我繼承帝王的世系，繼承祖先的大業，除去殘餘勢力，消除叛亂，還沒有理出一個頭緒。現在賊寇作亂，民衆受到傷害，我想念漢室的人，每天盼望着見到他們。我爲這件事傷心難過，坐卧不安，吃飯不知道滋味，整治軍隊訓誡發誓，將要對他們實行上天的懲罰。因爲你的忠誠和毅力，你的事跡可以和召穆公相比，美好的名聲遠近揚名，特以帝王的名義向你授命，修築府第，提升封號，在京都兼任京官。希望你能繼續發揮你的才能，用恩德使人歸順你，對叛逆的人實行刑罰，使我能夠滿意。《詩經》不也這麼說，『不要傷害百姓，不要心急，以王國作爲準則。對于軍事一定要迅速敏捷，會賜給你福祿的』。一定要勉勵自己啊！」

原文

初，飛雄壯威猛，亞于關羽，魏謀臣程昱等咸稱羽、飛萬人之敵也。羽善待卒伍而驕于士大夫，飛愛敬君子而不恤小人①。先主常戒之曰：「卿刑殺既過差，又日鞭撾健兒②，而令在左右，此取禍之道也。」飛猶不悛。

先主伐吳，飛當率兵萬人，自閬中會江州。臨發，其帳下將張達、范彊殺飛，持其首，順流而奔孫權。飛營都督表報先主③，先主聞飛都督之有表也，曰：「噫！飛死矣。」追謚飛曰桓侯。長子苞，早夭。次子紹嗣，官至侍中尚書僕射。苞子遵爲尚書，隨諸葛瞻于綿竹，與鄧艾戰，死。

馬超字孟起，扶風茂陵人也。父騰，靈帝末與邊章、韓遂等俱起事于西州。初平三年，遂、騰率衆詣長安。漢朝以遂爲鎮西將軍，遣還金城，騰爲征西將軍，遣屯郿。後騰襲長安，敗走，退還涼州。司隸校尉鍾繇鎮關中，移書遂、騰，爲陳禍福④。騰遣超隨繇討郭援、高幹于平陽，超將龐德親斬援

馬超

馬超，字孟起，三國時期蜀漢大將。因長相出衆，穿着講究，被稱爲「錦馬超」。諸葛亮稱之「雄烈過人，一世之傑」。

首。後騰與韓遂不和，求還京畿。于是征爲衛尉，以超爲偏將軍，封都亭侯，領騰部曲。

注釋 ①小人：指普通士兵。②鞭撾：鞭打。③都督：官名。④陳：陳述。

譯文 開始時，張飛膽子很大作戰威猛，僅次于關羽，魏國的謀臣程昱等都稱關羽、張飛的勇力比得上一萬人。關羽對待士兵很善良，但是對于士大夫卻很傲慢，張飛喜愛敬重君子卻不愛惜普通的軍士。劉備常常告誡他說：「你殺人就已經過分了，天天鞭打士兵，卻又把他們放在身邊，這樣會引起禍患的。」張飛還是不改。

劉備討伐吳國時，張飛正帶領士兵上萬人，從閬中出發到江州相會合。在出發之前，他帳下的將領張達、范彊把張飛殺了，拿着他的首級，順着水流投奔孫權去了。張飛營裏的都督上表報告了劉備這件事，劉備聽說張飛的都督上了表文，嘆息道：「唉！張飛死了。」追加張飛的謚號爲桓侯。張飛的長子張苞，很年青的時候就死了。他的第二個兒子張紹繼承父爵，官職到了侍中尙書僕射。張苞的兒子張遵擔任尙書，跟隨着諸葛瞻到了綿竹，和鄧艾交戰時戰死了。



馬超字孟起，是扶風茂陵人。他的父親是馬騰，在靈帝末年和邊章、韓遂等在西州舉兵起義。初平三年，韓遂、馬騰帶領着部隊到達了長安。漢朝封韓遂做了鎮西將軍，派他駐守金城，馬騰擔任征西將軍，派他駐兵郿縣。後來馬騰偷襲長安，打了敗仗之後撤退到了涼州。司隸校尉鍾繇鎮守關中，寫信給韓遂、馬騰，向他們陳述禍福。馬騰派馬超跟隨鍾繇到平陽討伐郭援、高幹，馬超手下的將領龐德親自把郭援斬殺了。後來馬騰和韓遂不和，要求返回到京城。于是朝廷封他做衛尉，任命馬超做偏將軍，加封都亭侯，帶領馬騰的部分人馬。

原文 超既統衆，遂與韓遂合從①，及楊秋、李堪、成宜等相結，進軍至潼關。曹公與遂、超單馬會語，超負其多力，陰欲突前捉曹公，曹公左右將許褚瞋目盼之，超乃不敢動。曹公用賈詡謀，離間超、遂，更相猜疑，軍以大敗。超走保諸戎，曹公追至安定，會北方有事，引軍東還。楊阜說曹公曰：「超有信、布之勇②，甚得羌、胡心。若大軍還，不嚴爲其備，隴上諸郡非國家之有也。」超果率諸戎以擊隴上郡縣，隴上郡縣皆應

《典略》曰：「超到，令引軍屯城北，超至未一旬而成都潰。」

《典略》曰：「初超之入蜀，其庶妻董及子秋，留依張魯。」

曹操抹書間韓遂

建安十六年（公元二一一年），以驍將馬超、韓遂爲首聯軍，聚集十餘萬人馬，據守潼關抗曹。曹操假裝與韓遂交往甚密，並將塗抹的書信送于韓遂處，離間二人。馬超果然中計，曹操因此大勝而歸。

之，殺涼州刺史韋康，據冀城，有其衆。超自稱征西將軍，領并州牧，督涼州軍事。康故吏民楊阜、姜敍、梁寬、趙衢等，合謀擊超。阜、敍起于鹵城，超出攻之，不能下；寬、衢閉冀城門，超不得入。進退狼狽，乃奔漢中依張魯。魯不足與計事，內懷于邑，聞先主圍劉璋于成都，密書請降③。

先主遣人迎超，超將兵徑到城下。城中震怖，璋即稽首④，以超爲平西將軍，督臨沮，因爲前都亭侯。先主爲漢中王，拜超爲左將軍，假節。章武元年，遷驃騎將軍，領涼州牧，進封斄鄉侯，策曰：「朕以不德，獲繼至尊，奉承宗廟。曹操父子，世載其罪，朕用慘怛⑤，疢如疾首。海內怨憤，歸正反本，暨于氐、羌率服，獯鬻慕義。以君信著北土，威武並昭，是以委任授君，抗颺虓虎，兼董萬里，求民之瘼。其明宣朝化，懷保遠邇，肅慎賞罰，以篤漢祜，以對于天下。」二年卒，時年四十七。臨沒上疏曰：「臣門宗二百餘口，爲孟德所誅略盡，惟有從弟岱，當爲微宗血食之繼，深托陛下，餘無復言。」追謚超曰威侯，子承嗣。岱位至平北將軍，進爵陳倉侯。超女配安平王理。

注釋 ①合從：聯合。②信、布：人名。信即韓信，布即吕布。③密書：秘密寫信。④稽首：古代的一種拜禮，叩頭至地。⑤慘怛：憂傷，痛悼。

譯文 馬超統領這些軍隊，不久與韓遂聯合，又與楊秋、李堪、成宜等相聯合，進軍到了潼關。曹操和韓遂、馬超單獨會面交談，馬超倚仗自己的勢力最大，暗中準備偷襲曹操並捉拿他，曹操身邊的將領許褚瞪着眼憤怒地看着他，馬超不敢輕舉妄動。曹操采用賈詡的謀略，離間馬超、韓遂之間的關係，使他們相互猜疑，于是他們的軍隊打敗了。馬超爲了保命逃跑到了少數民族地區，曹操追他追到了安定，正趕上北方有事變，于是就帶領軍馬向東回師。楊阜勸説曹操説：「馬超有韓信、呂布的勇力，很會取得羌族、胡族的心。要是大軍回去了，不對他嚴加防備，隴上的各郡都不會屬于國家了。」馬超果然帶領各個少數民族的人襲擊了隴上的郡縣，隴上的郡縣都響應他，殺死了涼州的刺史韋康，占據了冀城，收復了那裏的民衆。馬超自立爲征西將軍，兼任并州牧，總督涼州的軍務。韋康以前的官吏楊阜、姜叙、梁寬、趙衢等聯合起來打算襲擊馬超。楊阜、姜叙在鹵城起義，馬超出城攻打他們，沒能把他們拿下；梁寬、趙衢關上了冀城的城門，馬超不能回到城裏。進退都不能，于是投奔到漢中依附了張魯。張魯不值得和他一起議論商量大事，內心還是懷念京城，聽説劉備在成都包圍了劉璋，于是秘密寫信給劉備請求投降。

劉備派人迎接馬超，馬超帶領兵馬直接到了城下。城中的人都十分震驚，劉璋很快投降了，任命馬超做平西將軍，管理臨沮，沿襲以前的封號爲都亭侯。劉備當了漢中王，授予馬超做了左將軍，賜給他符節。章武元年，又把他升爲驃騎將軍，統領涼州牧，進封爲斄鄉侯，下策書説：「朕很沒有才



能，卻繼承了帝位，供奉漢室宗廟。曹操父子，世代充滿罪惡，朕非常傷心，非常頭痛。海內的民衆都很怨憤，都歸依正統返回根本，以至于氐族、羌族都要求臣服，獯鬻仰慕大義。因爲你在北方好的聲譽，威儀武勇在當世都很顯要，于是把重大責任委派給你，希望你繼續發揚猛虎般的雄風，管理萬里，關心百姓的疾苦。希望你傳播給他們朝廷的教化，使遠近的百姓得到安撫，嚴肅公平地獎罰他們，增加漢室的福分，答謝天下。」章武二年（公元二二二年），馬超去世了，當時才四十七歲。他在臨死時上疏説：「我的門宗有二百多口，被曹孟德都誅殺了，衹有同宗的弟弟馬岱還活着，是這個微弱宗族祭祀的繼承人，希望陛下善待他，其餘沒有可以托付的了。」劉備追封他的謚號爲威侯，他的兒子馬承繼承父爵。馬岱官位達到了平北將軍，進爵爲陳倉侯。馬超的女兒配給了安平王劉理。

原文　**黃忠字漢升，南陽人也。荊州牧劉表以爲中郎將，與表從子磐共守長沙攸縣。及曹公克荊州，假行裨將軍，仍就故任，統屬長沙太守韓玄。先主南定諸郡，忠遂委質，隨從入蜀。自葭萌受任，還攻劉璋，忠常先登陷陳，勇毅冠三軍。益州既定，拜爲討虜將軍。建安二十四年，于**

黃忠

黃忠，字漢升，三國時期蜀漢名將。五虎上將之一，年近六旬有萬夫不當之勇，弓箭射術天下無雙。被封爲後將軍，死後謚爲剛侯。

漢中定軍山擊夏侯淵。淵衆甚精，忠推鋒必進[①]，勸率士卒，金鼓振天，歡聲動谷，一戰斬淵，淵軍大敗。遷征西將軍。是歲，先主爲漢中王，欲用忠爲後將軍，諸葛亮說先主曰：「忠之名望，素非關馬之倫也。而今便令同列。馬、張在近，親見其功，尚可喻指[②]；關遥聞之，恐必不悦，得無不可乎！」先主曰：「吾自當解之[③]。」遂與羽等齊位，賜爵關内侯。明年卒，追謚剛侯。子敍，早沒，無後。

注釋 ①推鋒：衝鋒。②喻指：説明用意。③解：解釋。

譯文 黃忠字漢升，是南陽人。荊州牧劉表任命他做中郎將，他與劉表的侄子劉磐一起鎮守長沙攸縣。等到曹操攻下荊州時，黃忠暫時代理副將軍，仍舊擔任原職，歸長沙太守韓玄統領。劉備向南平定了各郡，黃忠于是歸順了劉備，跟隨他回到了蜀國。黃忠自從在葭萌接受了委任後，回師攻打劉璋，黃忠常常率先衝鋒陷陣，他的勇敢和剛毅在三軍中是最突出的。益州被平定之後，授予他官職討虜將軍。建安二十四年（公元二一九年），在漢中定軍山黃忠襲擊夏侯淵。夏侯淵的部隊非常精良，黃忠衝鋒在前奮勇前進，他鼓勵士兵，戰鼓被擂得震天，兵士的吶喊震動山谷，一交戰就斬殺了夏侯淵，夏侯淵的部隊大敗。升黃忠做征西將軍。這一年，劉備做了漢中王，想讓黃忠做後將軍，諸葛亮勸説劉備道：「黃忠的名望，不能與關羽、馬超相比。現在把他們放在一個行列裏，馬超、張飛在近處，親眼看到了他的功勞，尚且還可以説明用意；關羽卻是在遠處聽説，恐怕他會很不高興的，這樣做實在是不行的！」劉備説：「我自然會解釋這件事的。」于是把他和關羽等放在一個行列，賜給他爵位爲關内侯。第二年黃忠去世，追封他的謚號爲剛侯。他的兒子黃叙，很早就去世了，沒有後代。

原文 趙雲字子龍，常山真定人也。本屬公孫瓚，瓚遣先主爲田楷拒

趙雲

趙雲，字子龍，三國時期蜀漢名將。追隨劉備，功績卓著。有勇有謀，善始善終。曹操取荊州，劉備敗于當陽長阪，他力戰救護甘夫人和備子劉禪。劉備得益州，任爲翊軍將軍，從攻漢中。

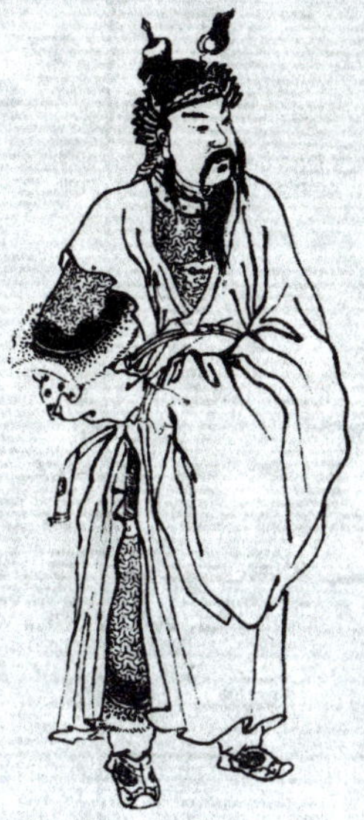

袁紹，雲遂隨從，爲先主主騎。及先主爲曹公所追于當陽長阪，棄妻子南走，雲身抱弱子①，即後主也，保護甘夫人，即後主母也，皆得免難。遷爲牙門將軍。先主入蜀，雲留荊州。

先主自葭萌還攻劉璋，召諸葛亮。亮率雲與張飛等俱泝江西上，平定郡縣。至江州，分遣雲從外水上江陽，與亮會于成都。成都既定，以雲爲翊軍將軍。建興元年，爲中護軍、征南將軍，封永昌亭侯，遷鎮東將軍。五年，隨諸葛亮駐漢中。明年，亮出軍，揚聲由斜谷道，曹真遣大衆當之。亮令雲與鄧芝往拒②，而身攻祁山。雲、芝兵弱敵強，失利于箕谷，然斂衆固守③，不至大敗。軍退，貶爲鎮軍將軍。

七年卒，追謚順平侯。

注釋　①弱子：幼子。②拒：阻擋。③斂：收攏。

譯文　趙雲字子龍，是常山眞定人。他原來歸附在公孫瓚的手下，公孫瓚派劉備代替田楷抵抗袁紹，趙雲于是也跟隨劉備一起去，爲劉備掌管騎兵。等到劉備被曹操追到當陽長阪時，劉備拋棄了妻子兒女向南逃命，趙雲抱着劉備的弱子，也就是劉禪，保護甘夫人，也就是劉禪的母親，使得他們免于災難。後來封他爲牙門將軍。劉備到了蜀國，趙雲留守荊州。

劉備從葭萌還師攻打劉璋，召見諸葛亮。諸葛亮帶領趙雲和張飛等一起逆着江水向西而上，平定了各個郡縣。到了江州，分別派趙雲從外水上江陽，與諸葛亮在成都相會。成都被平定後，任命趙雲爲翊軍將軍。建興元年（公元二二三年），趙雲擔任中護軍、征南將軍，封永昌亭侯，升爲鎮東將軍。建興五年，趙雲跟隨諸葛亮駐守漢中。第二年，諸葛亮出軍，傳播說自己從斜谷道走，曹眞在那裏安排了大量人馬。諸葛亮命令趙雲和鄧芝一起前往抗拒他，他自己帶領軍隊進攻祁山。趙雲、鄧芝的軍隊處于弱勢但是敵人很強大，在箕谷失敗了，但是他們仍然收攏兵馬堅守着，沒有遭到很大的損失。軍隊退回以後，趙雲被貶爲鎮軍將軍。建興七年（公元二二九年）趙雲去世，追封謚號爲順平侯。

**原文**

**初，先主時，惟法正見謚；後主時，諸葛亮功德蓋世，蔣琬、費禕荷國之重，亦見謚；陳祗寵待，特加殊獎，夏侯霸遠來歸國，故復得謚；于是關羽、張飛、馬超、龐統、黃忠及雲乃追謚，時論以爲榮。雲子統嗣，官至虎賁中郎，督行領軍。次子廣，牙門將，隨姜維沓中，臨陳戰死。**

**評曰：關羽、張飛皆稱萬人之敵，爲世虎臣①。羽報效曹公，飛義釋嚴顏，並有國士之風②。然羽剛而自矜③，飛暴而無恩，以短取敗，理數之常也。馬超阻戎負勇，以覆其族，惜哉！能因窮致泰，不猶愈乎④！黃忠、趙雲強摯壯猛，並作爪牙，其灌、滕之徒歟？**



**注釋**

①虎臣：勇猛的臣子。②國士：國中才能、品質出衆的人。③自矜：驕傲自負。④愈：通「愉」，愉快。

**譯文**

當初，劉備在位時，衹有法正被授予謚號；後主時，諸葛亮因爲功德蓋世，蔣琬、費禕擔負着國家的重任，也被加封了謚號；陳祗受到恩寵和厚待，對他加以特殊獎賞，夏侯霸從遠方來歸順蜀國，也得到了謚號；這時候，關羽、張飛、馬超、龐統、黃忠和趙雲都被追加了謚號，當時的人認爲這是一件很榮耀的事情。趙雲的兒子趙統繼承了父爵，官職到了虎賁中郎，統領行領軍。他的二兒子趙廣，做了牙門將，跟隨姜維到了沓中，死在戰場上。

評論說：關羽、張飛都可以稱得上是萬人之敵，是當代勇猛的臣子。關羽報答了曹操，張飛講究仁義釋放了嚴顏，他們都有國士的風範。可是關羽性格剛烈驕傲自負，張飛性情暴虐不知道對部下施恩，都是因爲短處招致失敗，這也符合道理。馬超依靠着少數民族和自身的勇氣，最後卻全族覆滅，實在是可惜啊！他們能夠因爲窮困變得顯達，不也是愉快的事情嗎！黃忠、趙雲意志堅強雄壯果敢，是輔佐君主的得力助手，他們應該是灌嬰、滕公那樣的人吧。

# 龐統法正傳

原文 龐統字士元，襄陽人也。少時樸鈍①，未有識者。潁川司馬徽清雅有知人鑒②，統弱冠往見徽③，徽采桑于樹上，坐統在樹下，共語自晝至夜。徽甚異之，稱統當南州士之冠冕，由是漸顯。後郡命爲功曹。性好人倫，勤于長養。每所稱述，多過其才，時人怪而問之，統答曰：「當今天下大亂，雅道陵遲，善人少而惡人多。方欲興風俗，長道業，不美其譚即聲名不足慕企，不足慕企而爲善者少矣。今拔十失五，猶得其半，而可以崇邁世教，使有志者自勵，不亦可乎？」吳將周瑜助先主取荆州，因領南郡太守。瑜卒，統送喪至吳，吳人多聞其名。及當西還，並會昌門，陸績、顧劭、全琮皆往④。統曰：「陸子可謂駑馬有逸足之力，顧子可謂駑牛能負重致遠也。」謂全琮曰：「卿好施慕名⑤，有似汝南樊子昭。雖智力不多，亦一時之佳也。」績、劭謂統曰：「使天下太平，當與卿共料四海之士。」深與統相結而還。

先主領荆州，統以從事守耒陽令，在縣不治，免官。吳將魯肅遺先主書曰：「龐士元非百里才也，使處治中、別駕之任，始當展其驥足耳。」諸葛亮亦言之于先主，先主見與善譚，大器之，以爲治中從事。親待亞于諸葛亮，遂與亮並爲軍師中郎將。亮留鎮荆州。統隨從入蜀。

龐統

龐統，字士元，劉備部下著名的謀士，爲人質樸駑鈍，有將帥之才，但「未有識者」。直到魯肅、諸葛亮皆薦之，劉備見之後，頗爲賞識。

注釋 ①樸鈍：刀刃不鋒利，這裏比喻才能未能顯露。②鑒：鏡子，引申爲洞察力。③徽：司馬徽，人名。④往：到。⑤慕名：喜愛。

譯文 龐統字士元，是襄陽人。他年輕的時候人很質樸駑鈍，沒有人注意他。潁川的司馬徽爲人高尙，很有雅量，非常會看人。龐統二十歲左右的時候，去拜見司馬徽。恰巧司馬徽在樹上采摘桑葉，他讓龐統坐在樹下，他們從白天一直交談到晚上。龐統讓司馬徽很吃驚，他認爲龐統在南郡士人中是很出衆的。從此，龐統漸漸出名了。後來他被郡裏委任爲功曹。龐統爲人講究人倫規範，盡自己的力量全心全意照顧老人，養育孩子。每當他稱贊別人，自己的才能往往超過被稱贊的人。當時人們很是不解，就問他，他總是回答說：「現在天下不太平，正道衰微被敗壞，好人少壞人多。現在最需要的是興起好的風俗，增強道德觀念，不誇贊他們的美德就不足以引起人們羨慕景仰，不引起人羨慕景仰，那麼做好事的人就更少了。現在提拔的人十個中就有五個失當，我們還是能得到一半好人，這一半人就能夠使世風教化得到改進，使有志者自我勉勵，這樣不也可以嗎？」吳國將領周瑜幫助劉備奪得荆州之後，就做了南郡太守。周瑜死後，龐統替他送葬到吳國。吳國的人聽說龐統人品很好，龐統回國的時候，老百姓都會集到昌門，陸績、顧劭、全琮都去了。龐統說：「陸先生可以說是駑馬但是有餘力，顧先生就好比是笨牛，可是能夠背得動重物前行。」他又對全琮說：「您喜歡施捨仰慕聲名，就好比汝南郡的樊子昭，雖然不那麼聰慧，卻也是其中的佼佼者。」陸績、顧劭對龐統說：「要是天下太平的話，我們要和您一起評價天下的名士。」他們直到和龐統結成知己後才肯離去。

劉備在統領荆州時，龐統以從事的身份擔任耒陽縣令。因爲在任上不治理政事被罷免官職。吳國的將領魯肅給劉備寫書信，寫道：「龐士元不是一個衹能治理百里之地的人才，要是讓他處在治中、別駕的位置上，才能讓他充分施展開才華。」諸葛亮也這樣對劉備舉薦龐統。劉備于是接見龐統並和他交談得很好，就很器重他，讓他做治中從事，對待他很熱情，僅次于諸葛亮。從這以後，龐統和諸葛亮一起做軍師中郎將。諸葛亮留守荆州，龐統隨着劉備進入蜀國。



原文 益州牧劉璋與先主會涪，統進策曰①：「今因此會，便可執之，則將軍無用兵之勞而坐定一州也。」先主曰：「初入他國，恩信未著，此不可也。」璋既還成都，先主當爲璋北征漢中，統復說曰：「陰選精兵，晝夜兼道，徑襲成都；璋既不武，又素無預備，大軍卒至，一舉便定，此上計也。楊懷、高沛，璋之名將，各仗強兵，據守關頭，聞數有箋諫璋，使發遣將軍還荊州。將軍未至，遣與相聞，說荊州有急，欲還救之，並使裝束②，外作歸形③；此二子既服將軍英名，又喜將軍之去，計必乘輕騎來見，將軍因此執之，進取其兵，乃向成都，此中計也。退還白帝，連引荊州，徐還圖之，此下計也。若沈吟不去，將致大困④，不可久矣。」先主然其中計，即斬懷、沛，還向成都，所過輒克⑤。于涪大會，置酒作樂，謂統曰：「今日之會，可謂樂矣。」統曰：「伐人之國而以爲歡，非仁者之兵也。」先主醉，怒曰：「武王伐紂，前歌後舞，非仁者邪？卿言不當，宜速起出！」于是統逡巡引退。先主尋悔，請還。統復故位，初不顧謝，飲食自若。先主謂曰：「向者之論，阿誰爲失？」統對曰：「君臣俱失。」先主大笑，宴樂如初。

注釋

①策：計謀。②裝束：裝卸整理行裝。③外作歸形：表面上裝作回去的樣子。④致：招致。⑤輒：總是，常常。




譯文

益州的州牧劉璋和劉備在涪縣會談，龐統獻策說：「趁着這次相會的機會，把他捉起來。那麼將軍您沒有用兵的辛勞但是能穩坐一州。」劉備說：「剛到達別人的州郡裏，恩德和威信都還沒有建立，這樣做恐怕是不行的。」龐統又說：「暗中挑選良兵，日夜兼程，抄小路偷襲成都；劉璋自己不勇武，也沒有任何防備，大軍突然來襲，一舉就可以平定的，這是上上之策。楊懷、高沛，都是劉璋的名將，各自依據兵強，據守關卡。聽說他們多次寫信勸諫劉璋，要劉璋打發將軍回荊州去。我建議您還沒有到達他們的住地時，先派人告訴他們，說荊州發生了急事，馬上回去救急，而且讓大家打起行裝，從表面上看是回荊州的樣子；這兩個人是很佩服將軍的爲人的，也很高興您回去，相信他們一定會坐輕車快馬來見您。將軍要趁這個機會把他們捉住，把他們的軍隊招收，然後向成都出兵，這是中策；您退回白帝城，接着帶領軍隊回荊州，慢慢再做打算，這是下策。如果猶豫不定的話，您一定會招來大難的。不能再拖延時間了。」劉備很贊同他的中策。把楊懷、高沛殺了，然後回師轉向成都，所經過的地方都攻克下來。在涪縣大會師，設酒犒勞軍士。對龐統說：「今天的聚會可以說是很快樂的！」龐統說：「攻打別人的國家卻在這作樂，不是仁義軍隊所爲的。」劉備已經喝醉了，憤怒說道：

《襄陽記》曰：「林婦，同郡習禎妹。」

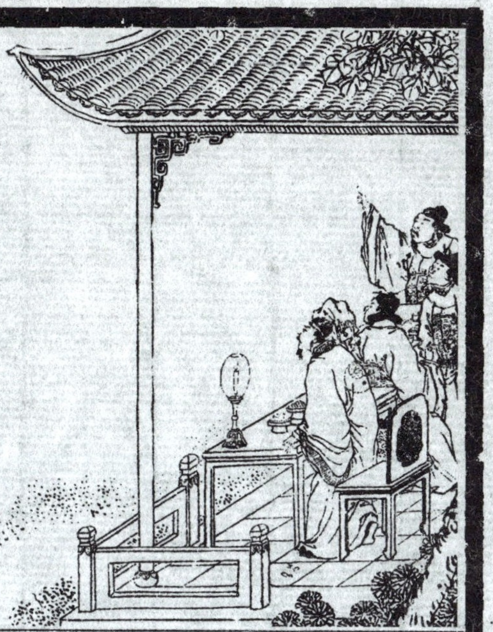

**諸葛亮痛哭龐統**

劉備圍攻雒縣之時，龐統率領軍隊攻打城池，被亂箭所傷而死，年僅三十六歲。諸葛亮悲痛不已，親自爲他授官。追賜龐統爲關內侯，加封謚號爲靖侯。

「武王伐紂，前歌後舞的，他不是仁者嗎？你說的不對，趕緊出去吧！」龐統于是猶豫不定地出去了。沒過多久，劉備就後悔了，趕忙請龐統回來。龐統又回到自己的座位上，但是並不低頭認罪，照常吃喝。劉備對他說：「剛才的事情，到底誰對誰錯？」龐統答道：「您和我都是有過錯的。」劉備大笑，就和開始時一樣宴飲，沒有芥蒂。

**原文** 進圍雒縣，統率衆攻城，爲流矢所中①，卒，時年三十六。先主痛惜，言則流涕。拜統父議郎，遷諫議大夫，諸葛亮親爲之拜。追賜統爵關內侯，謚曰靖侯。統子宏，字巨師，剛簡有臧否②，輕傲尚書令陳祗，爲祗所抑，卒于涪陵太守。統弟林，以荊州治中從事參鎮北將軍黃權征吳，值軍敗，隨權入魏，魏封列侯，至鉅鹿太守。

**注釋** ①流矢：亂箭。②臧否：善惡，褒貶，這裏指敢于褒貶人物。

**譯文** 劉備圍攻雒縣時，龐統率領軍隊攻打城池，被亂箭所傷而死，死時才三十六歲。劉備非常痛惜，一說起他就大哭不止。他拜龐統的父親爲議郎，後來又升爲諫議大夫，諸葛亮親自爲他授官。追賜龐統爲關內侯，加封謚號爲靖侯。龐統的兒子龐宏，字巨師，性情剛直敢于直言善惡。但是他對尚書令陳祗很輕視傲慢，一直受壓制。在涪陵太守的任上他去世了。龐統的弟弟龐林，是以荊州治中從事的身份參加鎮北將軍黃權征討東吳的戰事的。軍隊敗北之後，他跟隨黃權去了魏國，魏國封他做列侯，最後官至鉅鹿太守。

**原文** 法正字孝直，扶風郿人也。祖父真，有清節高名①。建安初，天下饑荒，正與同郡孟達俱入蜀依劉璋，久之爲新都令，後召署軍議校尉。既不任用，又爲其州邑俱僑客者所謗無行，志意不得。益州別駕張松與

法正

法正早年投靠劉璋，但既不受重用，又受誹謗。在出使拜訪過劉備後，暗中與張松策劃擁戴劉備，並利用再次拜見劉備的機會，私下向劉備提出借機取蜀的計劃。法正的奇謀妙策，連諸葛亮也爲之驚奇。

正相善，忖璋不足與有爲②，常竊嘆息。松于荆州見曹公還③，勸璋絶曹公而自結先主。璋曰：「誰可使者？」松乃舉正，正辭讓，不得已而往。正既還，爲松稱説先主有雄略，密謀協規，願共戴奉，而未有緣。後因璋聞曹公欲遣將征張魯之有懼心也，松遂説璋宜迎先主，使之討魯，復令正銜命。正既宣旨，陰獻策于先主曰：「以明將軍之英才，乘劉牧之懦弱；張松，州之股肱④，以響應于內；然後資益州之殷富，馮天府之險阻，以此成業，猶反掌也。」先主然之，泝江而西，與璋會涪。北至葭萌，南還取璋。

注釋　①清節高名：清廉的節操，高尚的名聲。②忖：考慮。③曹公：曹操。④股肱：比喻得力的輔助者。

譯文　法正字號是孝直，他是扶風郿縣人。他的祖父叫法眞，本性清廉有氣節，名聲很好。建安初年，天下鬧饑荒。法正和同郡的孟達一起到了蜀國投靠劉璋，過了很長時間才被封作新都令，後來招他做了署軍議校尉。法正既不能被重用，又被僑居蜀地的同鄉誹謗品行不好，因此他常常不得志。益州別駕張松和法正交情很好，他考慮到自己不足以被劉璋重用，于是常常獨自嘆息。張松在荆州拜見曹操回來後，他勸諫劉璋和曹操斷絶來往而和劉備交好。劉璋説：「那麼誰可以做使者呢？」張松于是舉薦法正，法正推辭，最後不得不去。法正回來以後，對張松大加稱贊劉備的雄才大略，他們密謀商定，一起規劃，想一起擁護劉備，爲他效力，可是苦于沒有機會。後來劉璋聽説曹操要派將領討伐張魯，他心裏很害怕。張松于是趁機勸説劉璋應該迎接劉備，讓劉備去征討張魯。劉璋再次派法正去見劉備。法正説完劉璋的意思後，暗地裏向劉備獻策説：「憑您的才能，可以對劉璋的懦弱的特點加以利用，張松是州裏最得力的助手，讓他在城裏做內應，然後憑借益州的富有，憑借天國的險要，足可以成就一份大業，一切易如反掌啊！」劉備很贊同他的說法。他沿着長江向西而行，與劉璋在涪縣會見。向北取得了葭萌，回頭向南攻下了劉璋。

《華陽國志》曰：「度，廣漢人，爲州從事。」

原文

鄭度說璋曰：「左將軍縣軍襲我，兵不滿萬，士衆未附，野穀是資①，軍無輜重②。其計莫若盡驅巴西、梓潼民內涪水以西，其倉廩野穀，一皆燒除，高壘深溝，靜以待之。彼至，請戰，勿許，久無所資，不過百日，必將自走。走而擊之，則必禽耳。」先主聞而惡之③，以問正。正曰：「終不能用，無可憂也。」璋果如正言，謂其羣下曰：「吾聞拒敵以安民，未聞動民以避敵也。」于是黜度④，不用其計。及軍圍雒城，正箋與璋曰：「正受性無術，盟好違損，懼左右不明本末，必並歸咎，蒙耻沒身，辱及執事，是以損身于外，不敢反命。恐聖聽穢惡其聲，故中間不有箋敬，顧念宿遇，瞻望悢悢。然惟前後披露腹心，自從始初以至于終，實不藏情，有所不盡，但愚暗策薄，精誠不感，以致于此耳。今國事已危，禍害在速，雖捐放于外，言足憎尤，猶貪極所懷，以盡餘忠。明將軍本心，正




之所知也，實爲區區不欲失左將軍之意，而卒至于是者，左右不達英雄從事之道，謂可違信黷誓⑤，而以意氣相致，日月相遷，趨求順耳悅目，隨阿遂指，不圖遠慮爲國深計故也。事變既成，又不量強弱之勢，以爲左將軍縣遠之衆，糧穀無儲，欲得以多擊少，曠日相持⑥。而從關至此，所歷輒破，離宮別屯，日自零落。雒下雖有萬兵，皆壞陳之卒，破軍之將，若欲爭一旦之戰，則兵將勢力，實不相當。各欲遠期計糧者，今此營守已固，穀米已積，而明將軍土地日削，百姓日困，敵對遂多，所供遠曠。愚意計之，謂必先竭，將不復以持久也。空爾相守，猶不相堪，今張益德數萬之衆，已定巴東，入犍爲界，分平資中、德陽，三道並侵，將何以禦之？本爲明將軍計者，必謂此軍縣遠無糧，饋運不及，兵少無繼。今荊州道通，衆數十倍，加孫車騎遣弟及李異、甘寧等爲其後繼。若爭客主之勢，以土

地相勝者，今此全有巴東，廣漢、犍爲，過半已定，巴西一郡，復非明將軍之有也。計益州所仰惟蜀，蜀亦破壞；三分亡二，吏民疲困，思爲亂者十戶而八；若敵遠則百姓不能堪役，敵近則一旦易主矣。廣漢諸縣，是明比也。又魚復與關頭實爲益州福禍之門，今二門悉開，堅城皆下，諸軍並破，兵將俱盡，而敵家數道並進，已入心腹，坐守都、雒，存亡之勢，昭然可見。斯乃大略，其外較耳，其餘屈曲，難以辭極也。以正下愚，猶知此事不可復成，況明將軍左右明智用謀之士，豈當不見此數哉？旦夕偷幸，求容取媚，不慮遠圖，莫肯盡心獻良計耳。若事窮勢迫，將各索生，求濟門戶，展轉反覆，與今計異，不爲明將軍盡死難也。而尊門猶當受其憂。正雖獲不忠之謗，然心自謂不負聖德，顧惟分義，實竊痛心。左將軍從本舉來，舊心依依，實無薄意。愚以爲可圖變化，以保尊門。」

注釋

①野穀：民間收集的糧食。②輜重：軍用物資。③恶：憂慮，擔心。④黜：貶斥，罷免。⑤黷誓：違背誓言。黷，輕慢不敬，這裏指不履行盟誓。⑥曠日：長期。

譯文

鄭度勸説劉璋説：「左將軍劉備隻身來襲擊我軍，他們的兵力還不到一萬，兵士和百姓都沒有歸順他，他要靠從民間徵集糧食，軍隊缺兵少食，沒有物質基礎。應對他不如驅趕巴西、梓潼的百姓到涪水以西的地方，然後把原來的糧倉都燒毀，築起高的堡壘，挖出深深的壕溝，靜候他們的到來。衹要他一來和我們請戰，我們不必出戰，因爲他們沒有物質儲備，過不了一百天就會自己逃回去的。衹要他們逃跑我們就出擊，一定會捉拿住他們的。」劉備聽説後非常討厭鄭度，問法正有沒有這件事。法正説：「最終不會用鄭度之計，不用擔心。」劉璋果然像法正説的那樣，對下屬説：「我聽説過通過抵抗敵人來保護百姓的，沒聽説過靠驅趕百姓來打敗敵人的。」于是罷免鄭度，不再用他的計策。劉備的軍隊圍攻雒城時，法正給劉璋寫信道：「法正我天生沒什麼能耐，現在盟誓的關係已被破壞，我擔心你身邊的人不明白事情的原委，一定會把所有的罪過歸到我身上，使我蒙受恥辱斷送性命，連累你一起受到侮辱，倒不如我一個人出來，不敢再返回去了。我還怕您聽到污穢的聲音，所以這段時間我沒有給您寫信表示敬意。我還挂念過去的交情，我遠遠地看着城府惆悵萬分。可是我思前想後還是把我自己的心思和您說清楚吧：從開始跟隨您到現在，我實在沒有對您隱瞞什麼，我所想的都徹底和您說了。衹是我生性愚鈍，才識淺薄，精誠沒有感動您，所以才會到了今天這樣。現在的國家形勢已經很危急了，禍患就在眼前，雖然我是個放逐在外的人，我說的話足以使人憎惡、怨恨，但是我還是想把我的心裏話說出來，來盡我最後的忠心。法正我是明白您的心意的，這就是我小心翼翼不想失去左將軍的原因。衹不過您身邊的人不懂得爲人處世的原則，他們以爲做人是可以背信棄義，違背誓言的，人和人交往是靠意氣相投，隨着時間的深入，大家都追求順耳之言，喜歡悅耳之事，喜歡隨聲附和順從意旨，這恰恰就是不顧及將來衹考慮眼前，不爲國家作長遠打算的緣由。現在事變已經發生了，卻不能正確估算强弱的形勢。衹是認爲左將軍劉備孤軍遠征，沒有儲備足夠的糧草，就想靠自己糧草足備，兵力多跟他打持久戰。卻沒有想到從白水關到這裏，衹要是劉備經過的地方都被攻破了，帝王的行宮和軍營都已經破敗了。雒縣雖然還有上萬的兵力，但他們都是被打敗的敗兵、敗將。要是眞要決戰，那麼雙方的兵將的實力是相差很遠的。要是從長久相持需要糧食儲備來說，現在這裏已經加固了戰壘，儲備了足夠的糧食，可是您的領地卻日益減少，百姓也越來越窮，敵對的勢力就會越來



越强大，百姓對您的供給也不會及時跟上。據我認爲，先彈盡糧絕的是您而不是劉備，您先不能打持久戰。這種白地相持，您還不能堅持，況且張飛已經帶領數萬兵力平定了巴東郡，進入了犍爲郡的地界，又兵分三路平定了資中、德陽，您憑什麼能抵禦他們呢？原來爲將軍您出謀劃策的那個人肯定會說這支軍隊是孤軍奮戰沒有足夠的糧食，供給又跟不上，兵力得不到及時補充。可是現在到荆州的路已經被打通了，人馬也增加了數十倍，再加上孫權派他的弟弟和李異、甘寧等在後面援助劉備。要是還要考慮兩軍攻守的形勢，靠土地決定勝負的話，劉備現在已經占據了巴東郡，廣漢、犍爲兩郡他們已經平定了一半，巴西一郡，也不再是明將軍的領地了。我認爲益州現在唯一依靠的是蜀郡，但是蜀郡也已經被攻破了。三分土地已經失去了兩分，無論官吏還是百姓都十分困頓，想造反的百姓有十之八九，如果到遠處攻打敵人，沒有一個百姓願意爲軍隊運送糧食，等到敵人臨近了，百姓又會不用一個早上就更換了主人了。一個最有說服力的例子就是廣漢郡各縣。再加上魚復和關頭實在是益州因禍得福的門戶，現在這兩個地方的城門已經打開，城池被攻下，所有的軍馬都被拿下，但是敵軍卻兵分好幾路來了，並且深入到蜀地的心腹地帶，您雖然堅守成都、雒縣兩地，存亡的形勢已經很明了了。

這裏我衹是想説一個大體的情況，其他的細節之處，一時半會兒是説不完的。我這麼愚笨的人還知道這件事不會再成功，何況將軍本身和身邊的人都很聰明，足智多謀，難道還沒看出來這種命運嗎？每天衹知道苟且偷生，得過且過，獻媚討好獲得一個容身之地，卻不能爲您做長遠打算，不肯盡心獻良策。他們要是到了緊要關頭，又會衹顧自己求生，保全自己的門戶，他們會反復無常，做出不同的打算，更不會爲將軍盡忠，可是您一家還是要承受這些憂慮的啊！我的想法雖然蒙受了很多人的誤解和誹謗，但是我還是顧念您和我的情意和名分的，我還是很痛心您現在的遭遇。從左將軍劉備這次從根本上來解決問題的舉動來看，還是十分念舊情的，沒有薄情的意思。我還是認爲您可以考慮改變一下主意，使得您的家室得以保存。」

原文

十九年，進圍成都，璋蜀郡太守許靖將逾城降①，事覺，不果。璋以危亡在近，故不誅靖。璋既稽服②，先主以此薄靖不用也③。正説曰：「天下有獲虛譽而無其實者，許靖是也。然今主公始創大業，天下之人不可戶説④，靖之浮稱，播流四海⑤，若其不禮，天下之人以是謂主公爲賤賢也。宜加敬重，以眩遠近，追昔燕王之待郭隗。」先主于是乃厚待靖。以正爲蜀郡太守、揚武將軍，外統都畿，內爲謀主。一餐之德，睚眦之怨，無不報復，擅殺毀傷己者數人。或謂諸葛亮曰：「法正于蜀郡太縱横，將軍宜啓主公，抑其威福。」亮答曰：「主公之在公安也，北畏曹公之強，東憚孫權之逼，近則懼孫夫人生變于肘腋之下；當斯之時，進退狼跋，法孝直爲之輔翼，令翻然翺翔，不可複製，如何禁止法正使不得行其意邪！」初，孫權以妹妻先主，妹才捷剛猛，有諸兄之風，侍婢百餘人，皆親執刀侍立，先主每

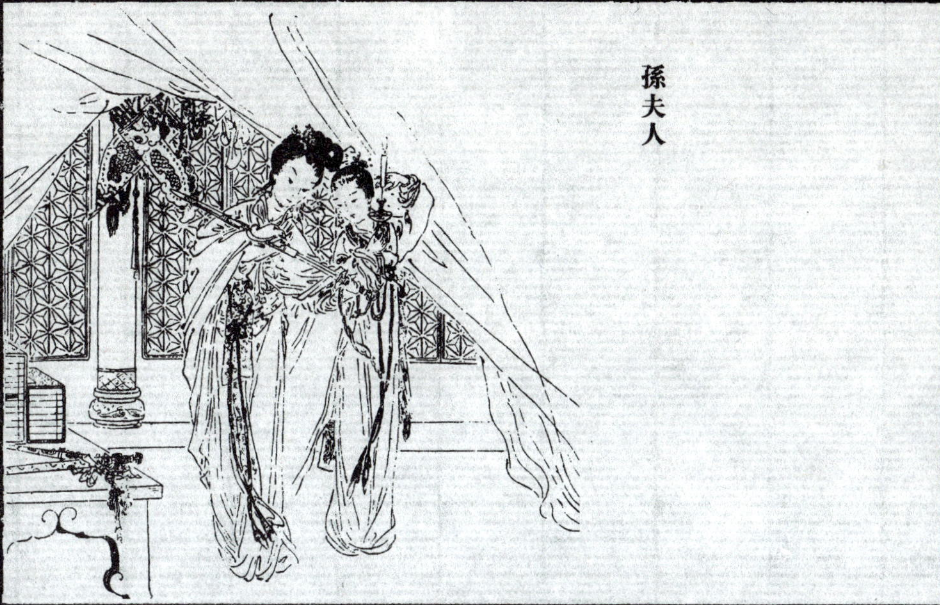

入，東心常凜凜；亮又知先主雅愛信正，故言如此。

注釋 ①逾：越過。②稽服：稽首降服。③薄：鄙視，輕視。④户：這裏指挨家挨户。⑤四海：全中原地區。

譯文 建安十九年（公元二一四年），劉備圍攻成都，璋蜀郡太守許靖打算越城投降，事情被識破了，沒有成功。因爲這是在生死存亡之際，劉璋沒有殺許靖。等到劉璋投降之後，劉備因爲這件事瞧不起許靖，許靖得不到重用。法正勸說劉備道：「天下有很多有虛名但是沒什麼實際作用的人，許靖就是這樣的人。可是現在您是剛開始創建大業，很多事情是不能逐戶向天下人解釋的。許靖這人在天下還是很有名聲的，如果傳出去您對他不能以禮相待的話，天下的人都會說您輕視賢才。您應該對他加以敬重，使天下的人被迷惑住，您應仿照燕王厚待郭隗的做法。」劉備因此對許靖很好。他任命法正做蜀郡太守、揚武將軍，對外主管京都地區，對內擔當重要的謀士。法正對別人給他一頓飯的恩惠和給一瞪眼的仇恨沒有不報的，還擅自殺死好幾個曾經中傷自己的人。有人對諸葛亮說：「法正在蜀郡實在太驕橫了，將軍您應該稟告主公，打壓他的作威作福。」諸葛亮回答說：「主公在公安時，北面



有曹操的強大，東面擔心孫權的逼迫，又擔心孫夫人在身邊發生事變，這個時候，眞是進退兩難，衹有法孝直能爲他出謀劃策，使他能夠翻飛翱翔，使他免于受到別人的牽制，怎麼可以禁錮法正不讓他幹自己想幹的事情呢？」當初，孫權把自己的妹妹嫁給了劉備，孫權的妹妹爲人才思敏捷，剛強英武，集她的各位長兄的特點于一身，身邊有奴婢一百多人，都親自拿着兵器侍立。劉備每次入宮，都心驚膽戰的。諸葛亮很了解劉備喜愛法正才說出這番話。

原文 二十二年，正說先主曰：「曹操一舉而降張魯，定漢中，不因此勢以圖巴、蜀，而留夏侯淵、張郃屯守，身遽北還①，此非其智不逮而力不足也②，必將內有憂逼故耳。今策淵、郃才略③，不勝國之將帥，舉衆往討，則必可克。克之之日，廣農積穀，觀釁伺隙，上可以傾覆寇敵，尊獎王室，中可以蠶食雍、涼，廣拓境土，下可以固守要害，爲持久之計。此蓋天以與我，時不可失也。」先主善其策④，乃率諸將進兵漢中，正亦從行。二十四年，先主自陽平南渡沔水，緣山稍前，于定軍興勢作營。淵

將兵來爭其地。正曰：「可擊矣。」先主命黃忠乘高鼓噪攻之，大破淵軍，淵等授首。曹公西征，聞正之策，曰：「吾故知玄德不辦有此，必爲人所教也。」

注釋 ①遽：倉促。②逮：至。③策：估計。④策：謀略。

譯文 建安二十二年（公元二一七年），法正勸說劉備：「曹操一下子就使得張魯投降于他，平定了漢中，可是卻沒有乘勝攻打巴蜀，而是留下夏侯淵、張郃駐守漢中，然後匆忙返回北方，這並不是他計謀不足兵力不夠，一定是有內部的憂患使得他不得不這樣。現在的夏侯淵、張郃的才能和智謀與我國的將帥是不能相比的，要是您能帶領軍隊去討伐他，那一定會成功的。您在那裏可以擴大農耕，儲備軍糧，上可以等待機會把敵人一舉消滅，使漢室得到尊崇和輔助；中可以逐步占據雍、涼兩州，擴大國土；下可以堅守要害之地，做長久的打算。這眞是天賜良機啊，這種時機不能失去啊！」劉備很贊成他的這個計策，于是率領軍隊進軍漢中，法正也隨軍前行。建安二十四年（公元二一九年），劉備從陽平關南渡沔水，沿着山勢一步步前進，在定軍山安營扎寨。夏侯淵率領軍隊來爭奪這個地方。

黃忠斬夏侯淵

法正說：「是出擊的時候了！」劉備讓黃忠登上高地擂鼓吶喊向敵人進攻，把夏侯淵一舉打敗了，夏侯淵等人被斬首。這時候，曹操正在西征，聽說法正的計策後說：「我就知道劉備想不出這樣的計謀，肯定是別人給他出的主意。」

原文 先主立爲漢中王，以正爲尚書令、護軍將軍。明年卒①，時年四十五。先主爲之流涕者累日②。謚曰翼侯。賜子邈爵關內侯，官至奉車都尉、漢陽太守。諸葛亮與正，雖好尚不同，以公義相取。亮每奇正智術③。先主既即尊號，將東征孫權以復關羽之恥，羣臣多諫，一不從。章武二年，大軍敗績，還住白帝。亮嘆曰：「法孝直若在，則能制主上，令不東行；就復東行，必不傾危矣。」

評曰：龐統雅好人流，經學思謀，于時荆、楚謂之高俊。法正著見成敗，有奇畫策算，然不以德素稱也。擬之魏臣，統其荀彧之仲叔，正其程、郭之儔儷邪？

**注釋** ①明年：第二年。②累日：數日。③奇：認爲很奇妙。

**譯文** 劉備在漢中自立爲王時，他封法正做尚書令、護軍將軍。第二年，法正去世，年僅四十五歲。劉備傷心難過了好幾天。追封他的謚號爲翼侯，賜他兒子法邈爲關内侯，官至奉車都尉、漢陽太守。諸葛亮和法正兩個人雖然各自的喜好和崇尚的東西不一樣，但是都能從國家利益出發互補長短。諸葛亮常常對法正的計謀暗暗稱奇。劉備稱帝之後，打算向東征討孫權來報關羽的恥辱，大臣們都勸諫他，可是劉備還是一意孤行。章武二年（公元二二二年），劉備大敗，回到了白帝城。諸葛亮嘆息說：「要是法孝直還在世的話，肯定能勸住主公，能夠阻止他東行的；即使是東行也不會導致國家運勢衰微的。」

評論說：龐統非常喜歡人倫，研究經學，出謀劃策，在當時荆楚一帶是一位才智出衆的奇才。法正能夠成功地預見成敗，能夠有很多出奇的謀略，然而歷來不是因爲品德好受到別人稱頌的。把他們和魏國的大臣相比，龐統應該和荀彧是相當的，法正大概是程昱、郭嘉那一類的人吧！

# 吳書

# 孫破虜討逆傳

原文

孫堅字文臺，吳郡富春人，蓋孫武之後也①。少爲縣吏②。年十七，與父共載船至錢唐，會海賊胡玉等從匏里上掠取賈人財物，方于岸上分之，行旅皆住，船不敢進。堅謂父曰：「此賊可擊，請討之。」父曰：「非爾所圖也。」堅行操刀上岸，以手東西指麾，若分部人兵以羅遮賊狀。賊望見，以爲官兵捕之，即委財物散走③。堅追，斬得一級以還；父大驚。由是顯聞，府召署假尉。會稽妖賊許昌起于句章，自稱陽明皇帝，與其子韶扇動諸縣，衆以萬數。堅以郡司馬募召精勇，得千餘人，與州郡合討破之。是歲，熹平元年也。刺史臧旻列上功狀，詔書除堅鹽瀆丞，數歲徙盱眙丞④，又徙下邳丞。

《靈帝紀》曰：「昌以其父爲越王也。」

中平元年，黃巾賊帥張角起于魏郡，托有神靈，遣八使以善道教化天下，而潛相連結⑤，自稱黃天泰平。三月甲子，三十六方一旦俱發，天下響應，燔燒郡縣，殺害長吏。漢遣車騎將軍皇甫嵩、中郎將朱儁將兵討擊之。儁表請堅爲佐軍司馬⑥，鄉里少年隨在下邳者皆願從。堅又募諸商旅及淮、泗精兵，合千許人，與儁並力奮擊，所向無前。汝、潁賊困迫，走保宛城。堅身當一面，登城先入，衆乃蟻附，遂大破之。儁具以狀聞上，拜堅別部司馬。

《獻帝春秋》曰：「角稱天公將軍，角弟寶稱地公將軍，寶弟梁稱人公將軍。」

孫堅

孫堅據傳爲孫武的後代，于漢末征討黃巾有功，被拜爲長沙太守。董卓亂政之際，孫堅爲「十八路諸侯反董卓」中的一路，作爲諸侯聯軍先鋒，所向披靡。惜英年早逝，在與劉表手下黃祖的交戰中，中埋伏而死。

注釋

①蓋：可能，表示推測。②少：少年時代。③委：放棄。④徙：升遷。⑤潛：暗中。⑥表：向皇帝上書。

譯文

孫堅字文臺，是吳郡富春人，大概是孫武的後代。年輕時就做了縣吏。十七歲時，他和父親一起乘船到錢塘去，正趕上海賊胡玉等從匏里上掠取商人的財物，正在岸上分贓，行旅的船都停住了，船都不敢前進。孫堅對父親說：「這些逆賊是可以討伐的，讓我討伐他們吧！」父親說：「這不是你希望的。」孫堅立刻拿着刀上岸，用手東西指揮，好像把人兵分幾路來捉拿賊人。海賊遠遠地看見，認爲是官兵來捕捉他們，于是把財物都放下逃跑了。孫堅追上他們，斬獲了一個海賊的首級回來了。父親非常吃驚。他也因此名揚天下，被官府裏招爲署假尉。會稽的逆賊許昌在句章縣起義，自己稱王爲陽明皇帝，和他的兒子許韶扇動每個縣，人數發展到好幾萬。孫堅以郡司馬的身份募召英武、精悍的人，共招得這樣的人一千多點，他和州郡一起聯合起來把許昌打敗了，這一年是熹平元年。刺史臧旻列上孫堅的功績，皇上下詔書封他爲鹽瀆丞，幾年之後又升他做盱眙丞，後來又升他做下邳丞。

中平元年（公元一八四年），黄巾起義的將領張角在魏郡起義，打着神靈的口號，他派遣八個使者用善道來教育感化天下的百姓，可是在暗地裏卻暗中勾結，自己稱爲黄天泰平。三月甲子這一天，三十六方在一個早上發起起義，天下的人都響應他們，把郡縣都放火燒了，把郡縣裏的長吏殺害了。漢朝派遣車騎將軍皇甫嵩、中郎將朱儁出兵討伐他們。朱儁上表請求孫堅擔任佐軍司馬，鄉里的年輕人和下邳的人都願意跟隨他一起去討伐逆賊。孫堅又招募到各個商旅和淮縣、泗縣的精兵合計起來有上千人，和朱儁一起奮力抗擊，一路毫無阻擋。汝縣、潁縣的逆賊被圍困，逃跑到保宛城。孫堅獨當一面，登上城牆最先進入保宛城，羣衆就像螞蟻一樣歸附了他，于是他們把黄巾起義軍打敗了。朱儁把眞實情況報告了皇上，君主授予孫堅別部司馬的官職。

《魏書》曰：「堅到郡，郡中震服，任用良吏。」

原文　**邊章、韓遂作亂涼州。中郎將董卓拒討無功。中平三年，遣司空張溫行車騎將軍，西討章等。溫表請堅與參軍事，屯長安。溫以詔書召卓，卓良久乃詣溫。溫責讓卓，卓應對不順。堅時在坐，前耳語謂溫曰：「卓不怖罪而鴟張大語，宜以召不時至，陳軍法斬之。」溫曰：「卓素著威名于隴蜀之間，今日殺之，西行無依。」堅曰：「明公親率王兵，威震天下，何賴于卓？觀卓所言，不假明公，輕上無禮，一罪也。章、遂跋扈經年，當以時進討，而卓云未可，沮軍疑衆，二罪也。卓受任無功，應召稽留，而軒昂自高，三罪也。古之名將，仗鉞臨衆①，未有不斷斬以示威者**

也，是以穰苴斬莊賈，魏絳戮楊幹。今明公垂意于卓，不即加誅，虧損威刑，于是在矣。」溫不忍發舉，乃曰：「君且還，卓將疑人。」堅因起出。章、遂聞大兵向至，黨衆離散，皆乞降。軍還，議者以軍未臨敵，不斷功賞，然聞堅數卓三罪，勸溫斬之，無不嘆息。拜堅議郎。時長沙賊區星自稱將軍，衆萬餘人，攻圍城邑，乃以堅爲長沙太守。到郡親率將士，施設方略，旬月之間，克破星等②。周朝、郭石亦帥徒衆起于零、桂，與星相應。遂越境尋討，三郡肅然。漢朝錄前後功，封堅烏程侯。

注釋 ①仗鉞：執掌斧鉞，指受皇帝命令，有使用刑斬的權力。②克：攻克。

譯文 邊章、韓遂在涼州造反。中郎將董卓奮力討伐無功而返。中平三年（公元一八六年），漢帝派遣司空張溫擔任車騎將軍，向西討伐邊章等。張溫上表請求孫堅參與軍事，並且屯兵長安。張溫憑借詔書召見董卓，董卓很久之後才拜見張溫。張溫責備董卓傲慢，董卓很沒禮貌地應答。孫堅當時正好坐在一邊，他向前對張溫小聲說：「董卓並不害怕降罪所以會像鴟一樣張大嘴巴說話，應該用召



見他卻不按時來這件事來稟報皇上，用軍法來斬殺他。」張溫說：「董卓向來是以威武著稱于隴蜀之間的，現在要是殺了他，那麼向西行軍的話我們就沒有依靠了。」孫堅說：「明公您親自率領皇上的軍隊，就可以威震天下了，還依賴于董卓幹什麼？我觀察董卓所說的話，一點不依靠明公，對上級輕薄無禮，這是他的第一重罪過。邊章、韓遂飛揚跋扈了好幾年，應該借助時機前進討伐他們，可是董卓卻說不可以，他這樣做挫傷了士氣，動搖了軍心，這是他的第二重罪過。董卓自從上任以來還沒立下戰功，應皇上的召書稽留在這，他卻自高自大作威作福，這是他的第三重罪過。自古以來的名將，依恃皇上賜予的節鉞統御部衆，沒有不用斷斬示威的，因此穰苴把莊賈斬首了，魏絳把楊幹殺害了。現在明公對董卓很重用，對他不加誅伐，使威刑受到虧損，這就是問題的所在。」張溫不忍心這樣處置董卓，于是說：「您還是回去吧，董卓要起疑心了。」孫堅于是起身出去了。邊章、韓遂聽說大兵要來了，于是他的黨羽開始逃離了，都祈求投降。軍隊勝利而歸，參議的人認爲軍隊沒有和敵人正面交鋒，不能因此斷功論賞，可是聽說孫堅歷數董卓的多重罪狀，勸說張溫斬掉董卓，無不嘆息。授予孫堅議郎的官職。這時候，長沙的逆賊區星自立爲將軍，他擁有的兵力上萬，圍取、攻打城邑，于是讓孫堅做長沙

太守。孫堅到了長沙郡後，親自帶領將士，施展方法、謀略，不到一個月的時間，就攻克打敗了區星等逆賊。周朝、郭石也帶領他的人馬在零、桂兩郡起義，和區星遙相呼應。于是孫堅立刻穿過邊境去討伐逆賊，沒過多久這三個郡都平定了。漢朝記錄了孫堅前後的功勞，封孫堅的官爵爲烏程侯。

原文

靈帝崩，卓擅朝政，橫恣京城。諸州郡並興義兵，欲以討卓。堅亦舉兵。荆州刺史王叡素遇堅無禮，堅過殺之。比至南陽①，衆數萬人。南陽太守張咨聞軍至，晏然自若。堅以牛酒禮咨②，咨明日亦答詣堅。酒酣，長沙主簿入白堅：「前移南陽，而道路不治，軍資不具，請收主簿推問意故。」咨大懼欲去，兵陳四週不得出。有頃，主簿復入白堅：「南陽太守稽停義兵，使賊不時討，請收出案軍法從事。」便牽咨于軍門斬之。郡中震栗，無求不獲。前到魯陽，與袁術相見。術表堅行破虜將軍，領豫州刺史③。遂治兵于魯陽城。當進軍討卓，遣長史公仇稱將兵從事還州督促軍糧。施帳幔于城東門外，祖道送稱，官屬並會。卓遣步騎數萬人逆堅④，輕騎數十先到。堅方行酒談笑，敕部曲整頓行陳，無得妄動。後騎漸益，堅徐罷坐，導引入城，乃謂左右曰：「向堅所以不即起者，恐兵相蹈藉⑤，諸君不得入耳。」卓兵見堅士衆甚整，不敢攻城，乃引還。堅移屯梁東，大爲卓軍所攻，堅與數十騎潰圍而出。堅常著赤罽幘，乃脫幘令親近將祖茂著之。卓騎爭逐茂，故堅從間道得免。茂困迫，下馬，以幘冠冢間燒柱，因伏草中。卓騎望見，圍繞數重，定近覺是柱，乃去。堅復相收兵，合戰于陽人，大破卓軍，梟其都督華雄等。是時，或間堅于術，術懷疑，不運軍糧。陽人去魯陽百餘里，堅夜馳見術，畫地計校，曰：「所以出身不顧，上爲國家討賊，下慰將軍家門之私仇。堅與卓非有骨肉之怨也，而將軍受譖潤之言，還相嫌疑！」術踧踖，即調發軍糧。堅還屯。卓憚堅猛壯，乃遣將軍李傕等來求和親，令堅列疏子弟任刺史、郡守者，許表用之。堅曰：「卓逆天無道，蕩覆王室，今不夷汝三族，縣示四海，則

《江表傳》曰：堅聞之，拊膺嘆曰：「張公昔從吾言，朝廷今無此難也。」

《江表傳》曰：「或謂術曰：『堅若得洛，不可復制，此爲除狼而得虎也。』故術疑之。」

《江表傳》載堅語曰：「大勳垂捷而軍糧不繼，此吳起所以嘆泣于西河。原將軍深思之。」

吾死不瞑目，豈將與乃和親邪？」復進軍大谷，拒雒九十里。卓尋徙都西入關，焚燒雒邑。堅乃前入至雒，修諸陵，平塞卓所發掘。訖，引軍還，住魯陽。

注釋 ①比：及，等到。②禮：作爲禮物贈送，這裏用如動詞。③領：兼任。④逆：迎擊。⑤蹈藉：踐踏。

譯文 靈帝駕崩，董卓把持了朝政，在京城肆意妄爲。各個州郡都一起起兵，都想討伐董卓。孫堅也起兵準備反董卓。荆州的刺史王叡素對孫堅無禮，不加以尊敬，于是孫堅找了個借口殺了他。等孫堅到了南陽郡時，手上的人馬到了數萬了。南陽太守張咨聽説他的軍隊到了，非常鎮靜自若。孫堅用牛和酒等作爲禮物拜見了他，張咨第二天也特地回拜了孫堅。他們喝酒喝得正盡興時，長沙的主簿進來報告孫堅，説：「我們打算向南陽推進，可是道路還没有修好，軍資還没準備齊全，懇請您逮捕南陽主簿推問緣由。」張咨聽了非常害怕，想快速逃走，但是孫堅已經派兵把住四周，張咨没法出去。過了一會兒，主簿又進來對孫堅説：「南陽郡的太守阻止了義兵的行動，使得逆賊不能被按時討伐，



請您按照軍法行事。」于是把張咨拉出去在軍門斬首了。郡中都非常震驚，衹要有求就會必應的。向前到了魯陽，孫堅和袁術相見。袁術表奏孫堅爲破虜將軍，讓他代理豫州刺史的職務。于是孫堅在魯陽城治理軍隊。當時正碰上讓他們進軍討伐董卓，于是派長史公仇稱帶領軍隊管理還州，督促軍糧的運送。在城東門外拉起了帷帳，設宴爲他餞行，官屬也來聚會。董卓派步兵、騎兵好幾萬人來攻打孫堅，有數十個輕騎兵先到達。孫堅正在勸酒談笑。他立即下令讓他的部隊，按照編制整頓軍隊的行列、隊形，不能亂動。董卓的後續騎兵也到了，逐漸增多了。孫堅這時候慢慢離開酒席，帶領軍隊進城，直到這時才告訴身邊的隨從説：「我以前之所以没有立即起身是因爲擔心士兵擁擠，互相踐踏，諸位就不能入城了。」董卓的軍隊看到孫堅的軍隊隊形整齊，不敢輕易攻城，董卓領軍隊撤退了。孫堅移軍屯在梁東這個地方，受到了董卓軍隊的進攻，孫堅和數十個騎兵突破了董卓軍的包圍，突圍成功。孫堅把平時戴的毛織的紅色頭巾取下來給自己的親信大將祖茂戴上。董卓的騎兵認爲祖茂就是孫堅，都爭着去圍攻祖茂，孫堅才能得以脱身，從小路逃跑才免于一死。祖茂被董卓軍層層圍住，從馬上掉下來，將頭巾戴在墳冢間被焚燒過的短柱上面，自己藏在雜草叢生的草堆裏。董卓大軍隊遠遠望見了，內外

吳錄曰：「尊堅廟曰始祖，墓曰高陵。」

包圍了起來，直到走近了才看到是根短柱，于是慢慢離開了。孫堅又挑選時機集中兵力，在陽人和董卓交戰，大敗董卓軍。把他的都督華雄等殺害了，並把他們的頭砍下來挂在木杆上示衆。這時候，有人挑撥孫堅和袁紹，使得袁紹對孫堅起了疑心，不給孫堅運糧。陽人離魯陽一百多里，孫堅連夜騎馬趕去見袁紹，兩人在地上比劃着爭起來了，孫堅說：「我奮力征戰，之所以不顧個人安危，對上是爲國家討伐逆賊；對下是想安慰您，爲您報家族之仇。我與董卓並沒有殺父母、孩子之仇。而您卻聽信誣陷的話，懷疑我！」袁紹很受感動，很是不安，立即調撥軍糧。孫堅回到駐地。董卓害怕孫堅的勇武，派人來和他講和、結親。讓孫堅列出子弟任刺史、郡守的人員，上表給皇上重用。孫堅說：「董卓是叛逆違抗天命，顛覆漢室，現在不殺你三族，首級懸挂在全國，我是死不瞑目的。怎能和你結親？」于是向大谷進軍，距離雒縣九十里。董卓西行到了函谷關，把雒邑放火燒了。孫堅于是向洛陽前進，修繕陵墓，填平、堵塞董卓破壞的地方。修完了又帶領軍隊回到魯陽。

**原文** 初平三年，術使堅征荆州，擊劉表。表遣黃祖逆于樊、鄧之間。堅擊破之，追渡漢水，遂圍襄陽，單馬行峴山①，爲祖軍士所射殺②。兄子賁，帥將士衆就術，術復表賁爲豫州刺史。



堅四子：策、權、翊、匡。權既稱尊號，謚堅曰武烈皇帝。

策字伯符。堅初興義兵，策將母徙居舒，與周瑜相友，收合士大夫，江、淮間人咸向之。堅薨，還葬曲阿。已乃渡江居江都。

**注釋** ①單馬：獨自一人騎馬。②爲：被。

**譯文** 初平三年（公元一九二年），袁術讓孫堅征討荆州，抗擊劉表。劉表派黃祖在樊縣、鄧縣之間迎擊他。孫堅擊破了他們，渡過了漢水，包圍了襄陽，孫堅獨自騎馬在峴山行走，被黃祖的士兵射殺。他哥哥的兒子孫賁，率領將士歸順了袁術，袁術又上表請求封孫賁做豫州刺史。

**孫堅跨江戰劉表**

初平三年（公元一九二年），孫堅受袁術派遣去攻打荆州劉表，與部將黃祖交戰。黃祖敗走，逃至峴山之中，孫堅追擊之時，被黃祖部下發射暗箭，中箭身死，年僅三十七歲。

《江表傳》曰：「術知其恨，而以劉繇據曲阿，王朗在會稽，謂策未必能定，故許之。」

**孫策**

孫策，字伯符，東漢末年割據江東豪强。孫堅長子，因少年有志，廣交朋友，備受愛戴。與弟弟孫權，依次接手父親基業，最終把吳國推向最高峰。

孫堅有四個兒子：孫策、孫權、孫翊、孫匡，孫權稱帝後，追封孫堅爲武烈皇帝。

孫策字伯符，孫堅開始起兵討伐董卓的時候，孫策把母親遷到居舒，他和周瑜很友好，團結了社會上很多的士大夫，江、淮間的名士都想歸附他。孫堅去世後，還葬在曲阿。喪事處理完後，孫策渡過長江，移居江都。

原文

徐州牧陶謙深忌策①。策舅吳景，時爲丹楊太守，策乃載母徙曲阿，與呂範、孫河俱就景②，因緣召募得數百人。興平元年，從袁術。術甚奇之，以堅部曲還策。太傅馬日磾杖節安集關東，在壽春以禮辟策，表拜懷義校尉，術大將喬蕤、張勛皆傾心敬焉。術常嘆曰：「使術有子如孫郎，死復何恨！」策騎士有罪，逃入術營，隱于內廄。策指使人就斬之，訖，詣術謝。術曰：「兵人好叛，當共疾之，何爲謝也？」由是軍中益畏憚之。術初許策爲九江太守，已而更用丹楊陳紀。後術欲攻徐州，從盧江太守陸康求米三萬斛。康不與，術大怒。策昔曾詣康，康不見，使主簿接之。策嘗銜恨③。術遣策攻康，謂曰：「前錯用陳紀，每恨本意不遂。今若得康，盧江真卿有也。」策攻康，拔之，術復用其故吏劉勛爲太守，策益失望。先是，劉繇爲揚州刺史，州舊治壽春。壽春，術已據之，繇乃渡江治曲阿。時吳景尚在丹楊，策從兄賁又爲丹楊都尉，繇至，皆迫逐之。景、賁退舍歷陽。繇遣樊能、于麋東屯橫江津，張英屯當利口，以距術。術自用故吏琅邪惠衢爲揚州刺史，更以景爲督軍中郎將，與賁共將兵擊英等，連年不克。策乃說術，乞助景等平定江東。術表策爲折衝校尉，行殄寇將軍，兵財千餘，騎數十匹，賓客願從者數百

**孫策大戰嚴白虎**

江東山賊嚴白虎自稱東吳德王，占據吳郡，孫策帶領軍隊討伐嚴白虎。嚴白虎不敵，棄城而逃，投奔會稽太守王朗。後爲董襲所殺，首級獻與孫策。

人。比至歷陽，衆五六千。策母先自曲阿徙于歷陽，策又徙母阜陵，渡江轉鬥，所向皆破，莫敢當其鋒，而軍令整肅，百姓懷之。

【注釋】①深：非常，程度深。②就：歸順。③銜恨：懷恨。

【譯文】徐州的州牧陶謙非常嫉妒孫策。孫策的舅舅是吳景，當時是丹楊郡的太守，孫策于是攜母親移居到了曲阿，他與呂範、孫河都歸附了吳景，趁着時機招募了幾百人。興平元年（公元一九四年），他跟隨了袁術。袁術很感到驚奇，把孫堅原來的部屬還給了孫策。太傅馬日磾奉命安撫關東地區的子民，在壽春按照禮節徵召了孫策，上表要求任命他做懷義校尉，袁術的大將喬蕤、張勛都很敬重他。袁術常感嘆道：「如果我有孫策這樣的兒子，死了還有什麼遺憾呢！」孫策的騎士犯了罪，逃到了袁術的軍營中，藏在了馬廄內。孫策讓人把他斬首了之，一切完了之後，孫策向袁術謝罪。袁術說：「當兵的喜歡叛亂，我們都很憎恨，爲什麼要謝罪啊？」因此，軍中更害怕他了。袁術開始時答應讓孫策做九江太守，不久改用了丹楊陳紀。後來袁術想攻打徐州，從廬江太守陸康那裏借米三萬斛。陸康不給他，袁術非常憤怒。孫策以前曾經拜訪過陸康，陸康不見孫策，讓主簿接見的他。孫策還很怨恨這件事。袁術派孫策攻打陸康，對他說：「以前我錯用了陳紀，每當想起來就後悔。要是現在俘獲陸康，廬江郡就是你的了。」于是孫策攻打陸康，奪得廬江，袁術又用了他以前的官吏劉勛做太守，孫策更失望了。在這件事以前，劉繇做了揚州刺史，揚州刺史的官署原來在壽春。壽春這個地方袁術已經占據了，劉繇于是渡江到了曲阿。這時候吳景還在丹楊，孫策的同族兄弟孫賁還是丹楊都尉，劉繇到了以後，把他們都驅趕走了。吳景、孫賁于是退駐到歷陽。劉繇派樊能、于麋向東駐扎在橫江的渡口旁，張英駐扎在當利口，一起阻擊袁術。袁術起用以前的舊吏琅邪惠衢做揚州刺史，換吳景做督軍中郎將，和孫賁一起帶兵攻打張英等，數年都攻不下。孫策于是勸說袁術，要求幫助吳景等平定江東。袁術上表要求孫策做折衝校尉，兼任殄寇將軍，孫策的兵力才一千人，坐騎幾十匹，可是願意跟隨他的賓客有好幾百人。等到了歷陽，兵力達到了五六千。孫策的母親先從曲阿遷到了歷陽，孫策把母遷到了阜陵，渡過長江轉戰各地，所經過之地都攻克了，沒有人敢和他們正面交鋒，他們的軍令統一嚴肅，百姓都歸順他。

原文

策爲人，美姿顔，好笑語，性闊達聽受，善于用人，是以士民見者，莫不盡心，樂爲致死。劉繇棄軍遁逃，諸郡守皆捐城郭奔走①。吳人嚴白虎等衆各萬餘人，處處屯聚。吳景等欲先擊破虎等，乃至會稽。策曰：「虎等羣盜，非有大志，此成禽耳。」遂引兵渡浙江②，據會稽，屠東冶，乃攻破虎等。盡更置長吏，策自領會稽太守，復以吳景爲丹楊太守，以孫賁爲豫章太守；分豫章爲廬陵郡，以賁弟輔爲廬陵太守，丹楊朱治爲吳郡太守。彭城張昭、廣陵張紘、秦松、陳端等爲謀主。時袁術僭號，策以書責而絕之。曹公表策爲討逆將軍，封爲吳侯。後術死，長史楊弘、大將張勛等將其衆欲就策，廬江太守劉勛要擊，悉虜之，收其珍寶以歸。策聞之，僞與勛好盟。勛新得術衆，時豫章上繚宗民萬餘家在江東，策勸勛攻取之。勛既行，策輕軍晨夜襲拔廬江，勛衆盡降，勛獨與麾下數百人自歸曹公。是時袁紹方強，而策并江東，曹公力未能逞，且欲撫之。乃以弟女配策小弟匡，又爲子章取賁女，皆禮辟策弟權、翊，又命揚州刺史嚴象舉權茂才。

《江表傳》曰：「策遣奉正都尉劉由、五官掾高承奉章詣許，拜獻方物。」

吳歷曰：「曹公聞策平定江南，意甚難之，常呼『猘兒難與爭鋒也』。」

注釋

①捐：放棄。②引：帶領。

譯文

孫策人長得很好看，好說笑，性情豁達願意聽別人的意見，擅長用人，衹要是見過他的士民，都願意爲他以死盡忠。劉繇拋棄了軍隊逃跑，各個郡的郡守都棄城外逃。吳國的嚴白虎等帶領着一萬多人的部下，到處集結勢力。吳景等打算先拿下嚴白虎等，就到了會稽。孫策說：「嚴白虎這樣的盜賊，是沒有大志向的，這次一定能俘獲他的。」于是帶領軍隊渡過浙江，占據了會稽，血洗了東冶，把嚴白虎打敗了。于是把長吏全部更換了，孫策自己擔任會稽太守，又讓吳景擔任丹楊太守，讓孫賁擔任豫章太守；把豫章分出一部分組成廬陵郡，讓孫賁的弟弟孫輔擔任廬陵太守，丹楊朱治擔任吳郡太守。彭城張昭、廣陵張紘、秦松、陳端等做謀士。這時候袁術妄稱帝號，孫策給他寫信責罵他並斷絕了關係。曹操上表封孫策爲討逆將軍，封爲吳侯。袁術死後，長史楊弘、大將張勳等將領帶領他們的部下想歸順孫策，廬江太守劉勳截擊，把他們都俘虜了，收繳了他們的財物，勝利回去了。孫策聽說了，假裝和劉勳盟好。劉勳剛得到袁術的舊部下，這時候豫章上繚宗族在江東聚集了上萬家的民衆，孫策勸劉勳攻打他們。劉勳已經出發了，孫策帶領輕裝的部隊日夜趕路出奇制勝地奪下廬江，劉勳的部下都歸降了，劉勳和部下幾百人歸順了曹操。這時候正是袁紹強大的時候，孫策吞併了江東，曹操的作用還沒法得到發揮，想暫時安撫他們。于是把自己的侄女配給孫策的弟弟孫匡，又爲兒子曹章娶了孫賁的女兒，同時又禮聘了孫策的弟弟孫權、孫翊，又命揚州刺史嚴象薦舉孫權做茂才。

原文

建安五年，曹公與袁紹相拒于官渡①，策陰欲襲許，迎漢帝，密治兵，部署諸將。未發，會爲故吳郡太守許貢客所殺。先是，策殺貢，貢小子與客亡匿江邊。策單騎出，卒與客遇，客擊傷策。創甚，請張昭等謂曰：「中國方亂，夫以吳、越之衆，三江之固，足以觀成敗。公等善相吾弟！」呼權佩以印綬②，謂曰：「舉江東之衆，決機于兩陳之間，與天下爭衡，卿不如我；舉賢任能，各盡其心，以保江東，我不如卿。」至夜卒，時年二十六。

權稱尊號，追謚策曰長沙桓王，封子紹爲吳侯，後改封上虞侯。紹卒，子奉嗣。孫皓時，訛言謂奉當立，誅死。

評曰：孫堅勇摯剛毅，孤微發跡，導溫戮卓，山陵杜塞，有忠壯之烈。策英氣傑濟，猛銳冠世，覽奇取異，志陵中夏。然皆輕佻

孫皓

孫皓，孫權之孫，爲吳末帝，即位後，大修宮舍，殘暴好殺，窮奢極欲，公元二八〇年，被司馬炎所滅。

果躁，隕身致敗。且割據江東，策之基兆也，而權尊崇未至，子止侯爵，于義儉矣。

【注釋】①拒：交戰。②印：官印。綬：綬帶，官印上的絲帶。

【譯文】建安五年（公元二〇〇年），曹操和袁紹在官渡大戰，孫策暗中想偷襲許昌，迎接漢獻帝，秘密訓練士兵，部署將領。還沒有發起兵變，就被原來的吳郡太守許貢的賓客殺了。在這之前，孫策殺了許貢，許貢的小兒子和賓客逃跑了藏在江邊。孫策一個人騎馬外出，正好和賓客相遇，賓客刺傷了孫策。傷勢很重，他請來張昭等，對他們說：「中國現在很亂，現在靠吳、越的兵力，三江的艱險，是可以成就一番事業的。你們一定要善待我的弟弟啊！」叫來孫權把官印佩帶在他身上，對他說：「依靠江東的民衆，兩陣之間要把握住時機，和別人爭奪天下，你是不如我；能夠利用賢才，使他們竭盡忠誠，一起保衛江東，這我不如你。」到了半夜就去世了，死時才二十六歲。

孫權稱帝以後，追封孫策謚號爲長沙桓王，封他的兒子孫紹爲吳侯，後來改封爲上虞侯。孫紹死了之後，他的兒子孫奉繼承父爵。孫皓時，傳言說孫奉應該當皇帝，孫奉被誅殺了。



評論說：孫堅爲人勇敢剛毅，從小孤寒身份低下，卻能勸說張溫殺戮董卓，修復了破壞的山陵，有忠貞壯烈的霸業。孫策才智出衆，勇武絕代，能出奇制勝，有駕馭中原的志向。可是他們卻輕佻、急躁，最後喪失性命。割據江東，這是孫策打下了基礎，但是孫權雖給了他尊榮，兒子衹是封了侯爵，從常理上說是有欠缺的。